우리 아빠는 도둑입니다

우리 아빠는 도둑입니다

비외른 잉발젠 지음

손화수 옮김

북레시피

서문

나는 이 책을 쓰며 내가 태어난 곳을 자주 떠올렸다. 노르웨이의 서쪽 바닷가, 피오르 안쪽으로 깊숙이 들어간 자그마한 마을. 나는 그곳에 살던 아이들과 그 지역 공장에서 일하던 그들의 부모님을 떠올렸다. 당시는 노르웨이에 전기가 들어오기 시작하던 때여서 여기저기 폭포수와 강물을 이용한 수력 발전소가 건설되고 있었다. 수력 발전소 근처에는 공장들이 하나둘씩 들어섰다. 그때 건설된 공장들 중에는 아직도 남아 있는 공장들이 꽤 많이 있다. 사방팔방으로 높이 솟아오른 산과 피오르 안쪽으로 깊숙이 들어간 곳에 자리한 작고 외딴 동네. 나는 그런 곳에서 태어났다.

내가 이 책을 쓰게 된 이유는 작고 외딴 동네에서 소외당하며 사는 사람들에 대해 이야기하기 위해서이다. 동네 사람들은 내가 누구인지, 나의 부모가 누구인지, 또 우리 집에서 무슨 일이 있었는지 잘 알기 마련이다. 하지만 누군가에게 갑자기 뜻하지 않은 일이 생긴다면 어떻게 될까? 누군가가 나쁜 짓을 하면 어떻게 될까? 물건을 훔친 사람들은 감옥에 가기 마련이다. 하지만 남아 있는 가족들은 어떤 경험을 하게 될까? 동네 사람들과 사회 전체는 그들을 어떤 시선으로 바라볼까?

나는 이 책을 수많은 노르웨이의 초등학교 학생들에게 읽어주었다. 심지어는 외국의 초등학교에서도 이 책에 쓴 이야기를 해준 적이 있다. 그들은 후속편을 쓸 계획이 있는지 내게 물어보기도 했다. 하지만 이 책에 이어지는 이야기는 없다. 더 쓸 이야기가 없기 때문이다. 있다 하더라도 여러분이 생각하는 이야기와 그리 다르지 않을 것이다. 가끔은 이야기가 이렇게 끝날 때도 있다. 어떤 독자들은 이 책에 쓴 이야기가 내가 직접 경험한 일이냐고 묻기도 한다. 그건 사실이 아니다. 하지만 나의 이야기와 내 가족의 이야기는 이 책에 나오는 이야기와 그리 다르지 않다. 내가 기억하는 나의 아버지는 감옥에 있었다. 아버지는 내가 아주 어렸을 때 자취를 감추었고, 나는 그 이후 단 한 번도 아버지를 본 적이 없다. 어머니와 나는 아버지 없이 살아야만 했다.

이것이 바로 이 책과 나의 이야기이다. 어쩌면 우린 언젠가 만날 수 있을지도 모른다. 그럴 수 있을까?

산네스에서
비외른 잉발젠

네 아버지, 그가 했던 말이다.

집 앞에 검은색 승용차가 서 있었다. 매우 평범한 승용
차. 스테이션 왜건. 도로 한가운데 서 있는 차 때문에 다
른 차들도 꼼짝없이 서 있어야만 했다. 나는 학교 수업
을 마치고 집으로 가는 길이었다. 친구 두 명과 잠시 놀
다가 로게르와 함께 학교 앞 벌판에서 축구를 했다. 비
가 내리기 시작하자 아무도 축구를 하지 않으려 했다.
나는 하는 수 없이 집으로 발길을 돌릴 수밖에 없었다.

인도 위에 한 남자가 서 있었다. 거의 매일 길에서 마주
쳤던 사람이지만 나는 그가 누군지 모른다. 그는 우리
집 근처에 살며, 꽤 나이가 들어 보였다.
　"여길 지나가면 안 돼."

"저는 집으로 가는 길이에요."

"그러니? 그래도 여기서 잠시만 기다려. 그들이 왔어."

"그들이 누구인가요?"

"경찰. 차가 두 대나 왔어. 하지만 한 대는 방금 갔어. 어디서든 볼 수 있는 평범한 경찰차였어. 저기 보이는 검은색 차도 경찰이 타고 온 차야."

"그래요?"

"그들이 한 남자를 체포해서 차에 싣고 갔어. 경찰차에 말야."

"누굴 체포했나요?"

"네 아버지."

나는 얼른 몸을 돌려 집으로 뛰어갔다. 대문 앞에는 아무도 없었다. 일층 현관으로 향하는 계단을 올랐다. 문은 닫혀 있었다. 잠긴 문을 열고 안으로 들어가니 엄마의 목소리가 들려왔다. 누군가와 대화를 하는 것 같았다. 남자 목소리도 들렸다. 내 방으로 들어가 가방을 내려놓고 거실 앞에 서서 귀를 기울였다. 대화를 나누는 목소리가 들렸지만 내용은 알 수 없었다. 엄마의 목소리가 높아졌다. 여전히 무슨 말을 하는지 알아들을 수가 없었다. 엄마는 첫 단어만 말하고선 말을 맺지 못했던 것이다. 갑자기 엄마가 내 이름을 소리높여 불렀다. 거실로 들어오라고 했다.

엄마는 거실 탁자 옆에 앉아 있었다. 맞은편에 앉아 있던 남자는 수첩에 무언가를 적고 있었다. 창가에는 또 다른 남자가 서 있었다. 그는 내가 거실에 들어갔을 때 내게 눈도 돌리지 않았다.

"지금 나가봐야 한단다."

엄마가 말했다.

"잠시 혼자 있을 수 있겠니? 두 시간 정도……?"

"네."

"가능한 한 빨리 돌아올 수 있도록 노력할게."

엄마가 탁자 맞은편에 앉아 있는 남자를 바라보자 그는 엄마를 향해 고개를 끄덕여주었다.

"아빠는 어디 있나요?"

아무도 대답을 하지 않았다.

"아빠가 어디 있냐고 물었어요!"

"지금 집에 없어."

"경찰들이 잡아갔나요? 이 아저씨들은 경찰인가요? 맞죠?"

"응."

창가에 서 있던 남자가 대답했다.

"넌 그런 말을 누구에게서 들었니?"

엄마가 물었다.

"길에서 만난 아저씨…… 이웃집에 사는 아저씨가 말해줬어요."

"지금 저기 서 있는 저 남자 말이니?"

창가에 서 있던 경찰이 내게 물었다.

나는 창밖을 내다보았다.

"네, 맞아요."

"그가 뭐라고 했지?"

"경찰이 아빠를 체포했다고 했어요. 저더러 집에 가면 안 된다고 했어요."

"호기심이 많은 사람이야."

엄마가 말을 이었다.

"아주 불쾌하고 무례한 사람이지."

"이제 가볼까요?"

엄마의 맞은편에 앉아 있던 남자가 말했다.

"어디로 가나요? 아빠는 지금 어디 있나요? 왜 아저씨들은 우리 엄마와 아빠를 모두 데려가는 건가요?"

"이제 가봐야 해."

엄마는 말없이 나를 바라볼 뿐이었다. 잠시 후, 그들은 함께 집을 나섰다.

비가 내리고 있었다. 검은색 차는 어디론가 사라졌다. 하지만 이웃집 남자는 여전히 그 자리에 서서 지나가던 사람들과 이야기를 나누고 있었다. 모두들 우리 집을 향해 고개를 돌려 창가에 서 있는 나를 흘낏 쳐다보았다. 집 앞에서 발걸음을 멈춘 사람들도 꽤 많았다. 이웃집 남자는 일층의 우리 집을 가리켰다. 그의 손가락은 나를 향하고 있었다. 나는 얼른 내 방으로 들어가 몸을 숨겼다.

내 방의 창문을 통해서는 뒷마당을 훤히 볼 수 있었다. 그곳에 서 있는 사람은 아무도 없었다. 창고 뒤에 서 있는 사람도 없었다. 아빠는 뒷마당에 있는 창고를 작업실로 사용했다. 그곳에는 아빠의 낚시 도구와, 시간이 나면 수리를 하려고 놓아둔 낡은 모터사이클이 있었다. 아빠는 내게 창고에 들어가는 것을 허락하지 않았다. 자칫 잘못하다간 창고에 있는 물건들을 망가뜨릴 수도 있기 때문이다. 하지만 이젠 창고에 들어갈 수 있다. 열쇠는 현관 서랍장 안에 들어 있다. 엄마와 아빠 모두 집에 없으니 마음만 먹으면 창고에 갈 수 있는 것이다. 하지만 나는 창고에 가지 않았다.

누군가가 초인종을 눌렀다. 두 번이나. 나는 현관으로 나갔다. 다시 초인종 소리가 들렸다.

이웃집 남자가 대문 앞에 서 있었다. 계단 밑에는 또 다른 남자 두 명이 서성이고 있었다. 그들이 누구인지는 모르지만, 전에 몇 번 길에서 마주친 적이 있는 얼굴이었다.

"경찰들이 왜 너희 집에 왔지?"

이웃집 남자가 물었다.

"왜 경찰들이 네 부모님을 데려갔니?"

나는 아무 대답도 하지 않았다.

"경찰들이 왜 왔어?"

그가 다시 물었다.

"전 모르는 사람과 이야기를 하면 안 된다고 들었어
요."

그는 내가 대문을 닫은 후에도 계속 초인종을 눌러댔다.
나는 끝까지 문을 열어주지 않았다. 곧, 되돌아가는 발
소리가 들렸다. 나는 바닥에 주저앉아 문에 등을 기댔
다. 대문 밖에서는 지나가는 사람들의 발소리가 간간이
들려왔다. 이층으로 올라가는 발소리도 들렸다. 문득,
엄마가 저녁을 만들어놓았는지 궁금해졌다. 부엌으로
가서 확인해보려면 앉았던 자리에서 몸을 일으켜야만
했다. 어쩌면 누군가가 지금쯤 부엌 창문을 통해 집안을
들여다보고 있을지도 몰랐다. 나는 계속 문에 등을 기댄
채 그 자리에 앉아 있었다. 딱히 배가 고프지도 않았다.
엄마는 곧 돌아올 것이 분명했다. 아빠도. 경찰들은 곧
부모님을 집에 데려다줄 것이다.

초인종 소리가 들렸다. 나는 숨을 죽이고 꼼짝도 하지

않았다. 곧 자물쇠에 열쇠를 넣고 돌리는 소리가 났다. 누군가가 대문을 열려고 하는 것 같았다. 나는 자리에서 벌떡 일어났다. 대문이 열렸다.

문밖에는 한 여인이 서 있었다. 한 번도 본 적이 없는 여자였다. 그녀는 나를 뚫어지게 바라보았다.

"안녕. 나는 아그네스라고 해. 너희 집에서 잠시 머물다 갈 거야."

"네?"

"집에 다시 오기까진 시간이 좀 걸릴 거야."

"네?"

"너희 부모님 말야. 시간이 많이 걸릴 거라고."

"그래요?"

"응."

"지금 어디에 있나요? 엄마는 지금 어디에 있죠? 그리고 아빠는요?"

"그건 나도 몰라. 알아도 말을 해줄 수가 없구나. 어쨌든 난 여기서 네 부모님이 올 때까지 너와 함께 있을 거야. 난 예상치 못한 일이 생긴 가정을 방문해서 도와주는 일을 한단다. 주로 부모님에게 무슨 일이 생겼을 때 아이들을 돌봐주는 일을 하지. 하지만 난 지금 아는 게 없단다. 그들은 단지 내게 주소와 열쇠를 주었을 뿐이야. 네 이름도 가르쳐주었어. 네가 아직 저녁을 못 먹었다고 하더구나."

여인은 작은 슈트케이스를 들고 있었다.

"여기 있을 건가요?"

"부엌이 어디 있는지 가르쳐주겠니?"

그녀는 내 질문에는 대답도 않고 말을 이었다.

"네가 배를 채울 만한 음식이 있는지 한번 살펴보려고 해."

그녀가 냉장고 문을 열고 어묵을 꺼냈다.

"몇 개 먹을 거니?"

"세 개요."

"감자는 몇 개 먹니?"

"두 개."

그녀는 냄비에 물을 붓고 감자 두 개를 넣은 후, 어묵 포장을 뜯고 어묵을 세 개 꺼내 프라이팬에 올렸다.

"저녁 먹을 때 뭘 마시니?"

"주스요."

그녀는 컵에 오렌지 주스 과즙을 조금 넣고 물을 부은 후, 컵을 식탁 위에 올려놓았다. 나는 엄마가 앉는 의자에 자리를 잡고 앉았다. 아그네스의 핸드백이 내 의자를 차지하고 있었기 때문이었다. 그녀는 냄비의 물을 비우고 칼로 감자 껍질을 벗긴 후, 접시 위에 어묵 세 개와 함께 올려놓았다.

"이제 저녁을 먹으렴."

나는 천천히 음식을 씹었다. 그녀는 핸드백에서 도시락을 꺼내고, 보온병에 들어 있던 것을 컵에 따랐다. 나는 그것이 차라고 생각했다. 그녀는 내가 먹는 것을 내내 지켜보았다. 나는 평소 어묵을 자주 먹지만 소스를 곁들이지 않은 어묵은 별로 좋아하지 않는다. 엄마는 어묵 반찬을 만들 때 항상 삶은 양배추를 으깬 음식이나 삶은 콩을 곁들여 상에 내어놓는다. 아그네스가 차려준 음식은 너무나 텁텁해서 목구멍을 넘기기가 쉽지 않았다.

"어묵을 세 개 먹는다고 했잖아. 차려준 음식은 다 먹어야 해."

"네."

나는 말없이 음식을 먹었다.

내가 식사를 끝내자 그녀는 빈 접시와 컵, 포크와 나이프를 싱크대에 넣었다. 설거지를 끝내고 접시의 물기를 깨끗이 닦은 후 선반과 찬장에 넣었다. 식기세척기가 조금 열려 있어 안을 들여다보니 텅 비어 있었다.

"이제 숙제를 하렴."

"오늘은 숙제가 없어요."

"방과 후에 따로 하는 일이 있니?"

"없어요."

"나가서 놀 거니?"

"아뇨."

우리는 식탁을 가운데 두고 마주 보고 앉았다. 그녀는
책을 한 권 꺼내 읽기 시작했다.

"엄마는 지금 어디 있나요?"

"곧 집에 오실 거야."

"지금 어디 있죠?"

"그건 나도 몰라."

"그들이 엄마가 어디 있다고 말해주지 않았나요?"

"응. 하지만 네 어머니가 병원에 간 건 아냐. 그건 확
실해. 가끔은 부모님이 갑자기 병원에 입원해서 도움이
필요한 아이들이 있단다. 난 그런 아이들을 자주 방문해
서 도와주곤 해. 하지만 이번엔 병원과 관련된 일은 아
니란다. 네 어머니는 건강해."

"지금 경찰서에 있나요?"

"모른다고 했잖니. 하지만 경찰서로부터 연락을 받은 건 사실이야. 내게 너희 집으로 가달라고 하더구나. 이 동네엔 너를 보살펴줄 친척들도 없다고 하면서 말야. 내가 여기 오게 된 건 바로 그 때문이란다."

"엄마는 언제 집에 오나요? 그리고 아주머니는 언제까지 여기 계실 건가요?"

"그리 오래 있진 않을 거야. 그리고 네 어머니는 곧 돌아오실 거야. 늦어도 내일이면 집에 오실 거라고 했어."

나는 그녀의 슈트케이스를 바라보았다. 그녀는 내 시선을 눈길로 따랐다.

"내가 슈트케이스를 가져온 건 만약을 위해서야. 네 어머니는 늦어도 내일이면 집에 오실 거란다. 그건 그렇고, 넌 이제 밖에 나가서 노는 게 어때?"

"싫어요."

"멀리 가진 마."

"밖에 안 나갈 거예요."

"집 앞마당에서 노는 것도 좋을 거야."

"밖에 안 나갈 거라고 했잖아요!"

그녀는 차를 마저 마셨다. 나는 내 방으로 들어갔다.

"이제 숙제를 하도록 해."

그녀가 부엌에서 소리쳤다.

창밖을 내다보았다. 이웃집 남자가 우리 집 마당에 서 있었다. 그의 옆에는 낯선 남자가 함께 서 있었다. 그들은 우리 집에 허락 없이 들어온 것이다. 건물에 사는 사람들은 각자의 정원을 가지고 있다. 그가 서 있는 곳은 명백히 우리 집 정원이었다. 하지만 나는 그가 우리 집에 허락 없이 들어왔다고 누구에게도 말을 할 수가 없었다. 나를 돌봐주기 위해 지금 우리 집 부엌에 있는 여인은 물론, 그 누구에게도 말이다. 정원에 서 있던 남자는 뒷마당의 창고로 가서 문을 열었다. 동시에 창고에서는 또 다른 낯선 남자가 나왔다. 낯선 남자가 이웃집 남자에게 화난 표정으로 무슨 말인가를 했다. 겁에 질린 이웃집 남자는 같이 왔던 사람과 함께 금방 발길을 돌려 울타리를 넘어갔다. 창고에서 나온 두 남자는 이웃집 사람의 등에 대고 소리를 쳤다. 이웃집 남자가 두려워하는 모습을 보니 괜히 기분이 좋아졌다. 엄마는 그가 굉장히 불쾌하고 무례한 사람이라고 말한 적이 있다. 나는 밖으로 나가보려 용기를 냈다. 현관에서 신발을 신으려니, 부엌에 있던 여인이 내게 어디 가느냐고 물었다.

"밖에 나가려고요. 마당에……."

"뭘 할 거니? 놀러 가는 거니?"

"그냥 한번 나가보려고요."

"그렇다면 마당에서만 놀아. 집 밖으로는 나가지 말고."

대문을 나섰다. 자갈이 깔려 있는 뒷마당에는 이웃집 뒷마당과 바로 연결되는 네 개의 각자 다른 조그만 문이 있었다. 이웃집 사람들은 예전에 그곳에 채소와 감자를 가꾸기도 했다고 엄마가 말해준 적이 있다. 엄마는 우리 몫의 뒷마당에 꽃을 심고 잔디를 깔았다. 나는 어릴 적, 뒷마당에서 자주 놀곤 했다. 뒷마당에서 밖으로 나가는 문을 직접 열 수가 없었기 때문에 엄마는 내가 그곳에서 놀면 안심했다. 커다란 나무 아래에는 나만이 알고 있는 작은 동굴도 있었다. 가끔, 나는 그 동굴이 내 집이라고 생각하고 놀았다. 아빠는 그곳에 창고를 짓기 위해 나무를 베어버렸다. 아빠는 창고가 필요했다. 엄밀히 말하자면 그것은 아빠의 작업실이었지만, 우리는 창고라고 불렀다. 아빠가 창고에 전기 시설을 끌어들인 것은 아무에게도 알릴 수 없는 비밀이었다. 뒷마당에 자리한 창고에 전기를 끌어들이는 것은 불법이었기 때문이다. 창고는 외바퀴 손수레나 삽, 물통 등을 보관하는 목적으로 사용하는 장소다. 하지만 아빠에게 필요했던 것은 작업실이었다. 사람들은 가끔 갖가지 물건들을 가져와 아빠에게 고쳐달라고 부탁하곤 했다. 아빠는 물건들을 수리해준 대가로 약간의 돈을 받았다. 아빠는 절대 큰돈을 받지 않았다. 항상 상징적인 의미로 약간의 돈을 받았을 뿐이다. 엄마는 그 돈이라도 큰 도움이 된다고 말했다. 그 돈을 저축하면 언젠가는 우리 집을 살 수도 있을 것이라고 했다. 아빠는 집을 살 필요가 없다고 반박했다. 우리가 살고 있는 집은 아빠가 일하는 회사 소유의 사택이었다. 아빠는 회사에서 필요한 물건을 만들거나 수리하는 정비사 겸 기계공이다.

아빠는 이 회사에서 일을 하는 한, 따로 집을 마련할 필요가 없다고 입버릇처럼 말했다.

"내가 해고당할 이유는 하나도 없어. 난 회사에서 가장 솜씨 좋은 정비사거든."

한번은 사장님이 아빠에게 요트를 수리해달라고 부탁한 적이 있었다. 아빠가 일을 마치자 사장님은 매우 흡족해했다. 하지만 아빠는 사장님에게서 아무런 대가를 받지 않았다. 대가는 필요하지 않다고 말했다.

"사장님과 좋은 관계를 유지하는 것만으로도 충분해. 어쩌면 나중에 사장님으로부터 큰 도움을 받을 수 있을지도 몰라."

아빠는 저녁 식사를 하며 말했다.

"어떤 일의 대가로 항상 돈이 오가야 하는 것은 아니란다. 사장님과 좋은 친구로 지내는 것은 돈보다 더 중요해."

"하지만 갑자기 회사에 무슨 일이 생기면 어떡해요? 요즘은 문을 닫는 회사가 한둘이 아니라던데. 당신이 일하는 회사가 문을 닫으면 우린 당장 살 집을 잃어버리게 돼요."

엄마가 말했다.

"회사가 문을 닫을 일은 없어. 잘 운영되고 있으니까.

게다가 우리에겐 여름 별장도 있잖아. 이 집을 잃어버리게 되면 거기 가서 살면 돼. 여름 별장도 이 집처럼 좋아."

정원으로 나가보았다. 아빠는 울타리에 작은 문을 만들어놓았다. 금속봉을 용접해서 만든 문에는 근사한 장식 무늬도 새겨놓았다. 아빠가 울타리에 문을 만들자 이웃 사람들은 차례차례 우리 집으로 찾아와 자기 집 마당에도 문을 만들어달라고 부탁했다. 아빠는 그들의 부탁을 모두 들어주었다. 덕분에 뒷마당에는 네 개의 비슷한 문이 자리하게 되었다. 장식 무늬는 집집마다 조금씩 달랐다. 그들은 대가로 돈을 지불하겠다고 말했지만, 아빠는 정중히 사양했다.

"이웃들과 좋은 관계를 유지하는 것은 돈보다 더 중요해. 혹시 누가 아니? 훗날 내가 그들에게 도움을 요청할 일이 생길 수도 있잖아."

"맞아요."

엄마와 나는 아빠의 말에 전적으로 동의했다.

하지만 아빠는 그들에게 도움을 요청할 일이 없었다. 엄마도 마찬가지였다. 우리는 그 누구의 도움도 받지 않고 잘 살아올 수 있었던 것이다. 독립적으로 살 수 있다는 것은 그 무엇보다도 중요한 일이다.

이웃집 남자가 서 있던 뒷마당으로 발길을 돌렸다. 조금 전, 창고에 있던 낯선 남자 두 명이 이웃집 남자에게 소리를 버럭 질러 쫓아보냈던 기억이 스쳤다. 나는 그들이 어떻게 창고 안으로 들어갈 수 있었는지, 또 그들이 창고에서 무엇을 했는지 전혀 알 수가 없었다. 그들이 누구인지도 알 수 없었다. 하지만, 그들은 무례하게 굴었던 이웃집 남자를 쫓아보냈다.

울타리 건너편에 주차된 자동차 한 대가 눈에 들어왔다. 짐을 싣는 트럭이었다. 차문은 닫혀 있었다. 창고 안에서 목소리가 들려왔다.

조심스레 창고 문을 열어보았다. 아빠는 내게 창고 안에 들어가면 안 된다고 말했다. 하지만 지금은 아빠가 집에 없으니 용기를 내어보았다. 창고 안에는 낯선 남자 두 명이 있었다.

"너는 여기에 들어오면 안 돼."

나를 발견한 한 남자가 말했다.

"여긴 우리 집 창고예요."

"넌 여기에 들어오면 안 된다고 했잖아."

"아저씨들은 여기서 뭘 하세요?"

"얼른 나가."

그들은 아빠가 만든 선반 아래의 서랍을 열었다. 바닥

에는 종이 박스가 두 개 놓여 있었다. 그들은 창고에 있던 물건들을 종이 박스에 차곡차곡 담고 있는 중이었다.

"여기서 물건을 가져가시면 안 돼요. 그건 우리······ 아버지 물건이에요."

"얼른 나가."

남자가 다시 내게 말했다.

"아저씨들은 누군가요?"

"경찰이야."

"엄마와 아빠는 지금 경찰서에 있나요?"

한 남자가 다가와 나를 창고 밖으로 밀쳐내고 문을 닫았다. 나는 터덜터덜 집 안으로 들어갔다. 부엌에는 내게 저녁 식사를 만들어준 여인이 앉아 있었다.

"밖에서 놀다 왔니?"

"네."

"잘했어. 그건 그렇고 네 옷이 어디 있는지 가르쳐주겠니? 깨끗한 옷은 있어?"

"네."

"우린 네가 깨끗한 옷을 입을 수 있도록 책임지고 보살펴줘야 한단다."

"제 옷은 깨끗해요."

"네 짐을 싸야 할 일이 생길 수도 있어서 그래. 만약 다른 곳으로 옮겨갈 경우를 대비해서 깨끗한 옷을 준비해놓아야지."

"왜 제가 다른 곳으로 옮겨갈 수도 있다고 말씀하시나요?"

"내가 여기 계속 머물 수 없기 때문이란다. 오늘 밤은 가능할지도 모르겠지만 더 이상은 안 돼. 내일까지 부모님이 돌아오지 않는다면 너는 다른 곳으로 가야 한단다."

"어디로요?"

"그런 일이 생길지는 장담할 수 없지만, 만약을 대비하는 것도 나쁘지 않아. 네 옷 중에서 빨아야 할 옷은 어디 있니?"

"제가 입었던 옷은 모두 깨끗해요."

그녀는 빨랫감을 담아두는 광주리를 살펴보았다. 그 속에 있는 옷 중에서 내 옷은 한 벌도 없었다. 내 옷은 모두 깨끗했다.

누군가가 초인종을 눌렀다.

"대문을 열어봐."

나는 고개를 저었다.

"아주머니가 열어보세요."

"네 친구들일지도 모르잖아."

문을 두드리는 소리와 함께 엄마의 목소리가 들렸다.

나는 얼른 뛰어나가 대문을 열었다.

엄마가 나를 바라보았다.

"열쇠가 없어서 그랬어. 경찰들이 가져갔거든. 그런데 지금 집에 누가 있니? 누가 왔어?"

나는 고개를 끄덕였다.

"네, 어떤 아주머니가 찾아왔어요. 빨래를 해주겠다며 제 옷을 찾던 중이에요."

"그럴 필요는 없어. 네 옷은 전부 깨끗해."

엄마가 말했다.

아그네스가 핸드백과 슈트케이스를 들고 부엌에서 나왔다.

"이젠 제가 가봐도 될 것 같군요. 여기서 제가 할 일은 더 없는 것 같네요."

그녀는 엄마와 악수를 하며 말했다.

"고마워요."

그녀는 살짝 고개를 끄덕였다.

"별말씀을요."

엄마는 그녀가 나가자마자 대문을 잠갔다.

"다른 사람이 집 안에 들어온 적이 있니?"

"아뇨."

"아무도?"

"집 안으로 들어온 사람은 없었어요. 하지만 창고에 누군가가 들어갔다 나왔어요. 경찰이라고 하면서 물건을 가져갔어요."

"집 안에도 들어왔니?"

"아뇨. 제가 밖으로 나가서 봤어요. 그들은 창고 안에 있었어요."

"다른 사람은? 그 사람들 외엔 아무도 안 왔어? 대문을 두드리는 사람도 없었니?"

"이웃집 남자가 초인종을 누른 적이 있어요."

"왜 왔대?"

"저도 잘 모르겠어요. 그냥 우리 집에 무슨 일이 있었는지 알고 싶어하는 것 같았어요."

"그 사람도 네 아빠랑 같은 공장에서 일한단다. 네 아버진 그 사람을 좋아하지 않아. 매우 야비하고 불쾌한 사람이라고 했어."

"네."

야비하고 불쾌한 사람.

"그런데 경찰은 왜 아빠를 데려갔나요? 그리고 엄마

는 왜 경찰서에 간 거죠?"

"나도 몰라. 갑자기 차를 몰고 오더니 회사에서 일하고 있던 아빠를 데려갔대. 나도 이유는 몰라. 경찰은 아빠를 데리고 우리 집에 들러서 무언가를 찾더구나. 그러곤 다시 차를 몰고 갔어. 경찰들은 내게도 여러 가지 질문을 했단다. 아빠가 주말에 주로 뭘 하며 시간을 보내느냐고 묻기도 했어."

"바로 그 때문에 경찰이 엄마를 데려간 거예요? 검은색 승용차에?"

"응. 내게 사진을 보여주려고 그랬대. 내가 모르는 사람들의 사진이었어. 한 번도 본 적이 없는 사람들이었다. 난 그들이 누군지 전혀 몰라."

"아빠는 그 사람들과 아는 사이인가요?"

"글쎄. 그건 나도 몰라. 아는 사이일지도 모르지. 아빠가 사진 속의 사람들 중에서 누굴 아는지는 몰라. 정말 모르겠어."

엄마는 부엌에 털썩 주저앉았다. 여전히 외투와 신발을 신은 채였다.

"밥은 먹었니?"

"네, 조금 전 그 아주머니가 저녁을 만들어주셨어요. 어묵을 먹었어요."

"그랬구나. 다행이다."

엄마는 몸을 일으켜 컵에 물을 채웠다. 하지만 컵에는 입도 대지 않고 조리대 위에 올려둔 채 다시 자리에 앉았다.

"모르겠어⋯⋯."

"뭘요?"

"정말 뭐가 뭔지 하나도 모르겠어. 어쨌든 네가 배를 채웠으니 다행이다. 저녁으론 뭘 먹었니?"

"냉장고에 있던 어묵을 먹었어요."

나는 했던 말을 되풀이했다.

"정말 모르겠구나⋯⋯."

엄마는 거실에서 전화 통화를 했다. 나는 부엌에 앉아 있었다. 창고에서 짐을 날라 트럭에 실었던 두 남자는 이미 어디론가 자취를 감춘 후였다. 지금은 창고 안에 아무도 보이지 않았다. 정원도 마찬가지였다. 갑자기 초인종 소리가 들렸다. 나는 부엌에 꼼짝 않고 앉아 있었다. 엄마도 대문을 열 생각이 없는 것 같았다. 엄마는 여전히 전화 통화 중이었다. 가끔은 목소리를 높이기도 했다. 난 엄마가 누구와 통화를 하는지 알 수 없었다. 통화를 마친 엄마가 부엌으로 왔다.

"누가 찾아왔니?"

"몰라요."

"문을 열어주지 않았어?"

"네."

"괜찮아. 초인종을 누른다고 다 열어주면 안 돼. 모르는 사람이 왔을 땐 더 조심해야 한단다."

"네, 그건 저도 알아요."

나는 침대에 누웠다. 엄마는 침대 난간에 걸터앉아 내 머리를 쓰다듬어주었다. 엄마가 마지막으로 내 침대 난간에 앉아 머리를 쓰다듬어준 건 꽤 오래전이었다.

"잘될 거야. 다 잘될 거야. 내일 눈을 뜨면 다 해결되어 있을 거야."

"네. 잘될 거예요."

엄마는 내게 자라고 말한 후 불을 껐다. 창을 통해 들어온 가느다란 빛이 천장에 무늬를 만들어냈다. 비뚤한 사각형이었다. 그러고 보니 최근 몇 년 동안은 천장에 불빛이 만들어내는 무늬를 본 적이 없는 것 같았다. 어쩌면 그 무늬는 항상 그 자리에 있었는지도 모른다. 단지 내가 보지 못했을 뿐.

잠을 잔 것 같지가 않았다. 문밖에서 발소리가 들렸다. 엄마가 대문을 열었다가 닫는 소리가 뒤를 이었다. 나는 엄마가 나갔는지 들어왔는지 알 수가 없었다. 천장의 사각형 무늬는 거의 사라지고 없었다.

엄마가 문께에 서 있었다. 아침이 온 것이다. 너무나 평
범한 아침 시간이었다.

"이제 일어날 시간이야."

"네."

"피곤하니?"

"네."

"얼른 와서 아침 먹어."

엄마는 서랍장을 열어 입을 옷을 꺼내주었다.

"오늘은 체육 과목이 있으니까 수건을 잊지 말고 가져
가렴. 현관 옷걸이에 걸어두었어."

나는 욕실로 가서 샤워를 하고 옷을 입었다. 엄마가
부엌에서 상을 차리는 소리가 들렸다. 아빠의 가방은 보
이지 않았다. 아빠의 가방은 항상 현관 옷걸이에 걸려
있었다. 가방이 옷걸이에 걸려 있다면 아빠가 집에 있다

는 의미다. 오늘도 여느 때와 마찬가지로 가방은 보이지 않았다. 그것은 아빠가 출근을 했다는 의미다. 여느 때와 전혀 다름이 없었다.

문득, 아빠의 가방은 어제도 보이지 않았다는 것을 기억해냈다. 비록 아빠가 잠시 집에 들르긴 했지만 말이다.

경찰은 아빠의 가방도 가져가버린 것이다. 아빠와 함께.

엄마는 버터를 바른 빵과 우유 한 컵을 내게 밀어주고, 도시락을 싸서 식탁 위에 올려놓았다.

"도시락을 잊지 말고 가져가."

"네."

"오늘은 저녁을 조금 늦게 먹을 거야."

"네? 왜요?"

"학교를 마친 후에 친구들과 놀다 올 거니?"

"네, 그럴 것 같아요."

"축구를 할 거니?"

"네."

"난 오늘 좀 늦을 것 같구나. 도시락에 빵을 몇 개 더 넣어놓았어. 학교 마치고 배가 고프면 그걸 먹어."

"네. 그런데 엄마는 오늘 왜 늦어요?"

엄마는 창밖으로 시선을 돌렸다.

"누굴 좀 만날 거야. 만나서 이야기할 거야."

"오늘도 경찰 아저씨들과 만나서 이야기를 할 건가요?"

"응. 경찰서에도 가긴 가야 해."

"네."

엄마는 현관까지 나와서 배웅해주었다. 엄마는 이미 내 가방에 도시락과 수건을 직접 넣어놓았다.

"잘 다녀와."

"네."

무례한 이웃집 남자는 오늘도 길에 서 있었다. 나를 발견한 그는 내 앞을 가로막았다.

"네 아버지 말야."

나는 고개를 들어 그를 쳐다보았다.

"어제 집에 왔니? 네 아버지, 지금 집에 있어? 도대체 너희 집에 무슨 일이 있었던 거야?"

"저는 아저씨 같은 사람과 이야기를 하면 안 된다고 들었어요. 경찰 아저씨들이 그렇게 말했어요. 아저씨 같은 사람과 이야기를 하면 안 된다고 했어요."

무슨 말인가를 하려고 입을 열던 그가 갑자기 입을 다물었다. 어쩌면 하려고 했던 말을 갑자기 잊었는지도 모른다. 나는 총총걸음으로 그를 지나쳤다. 여전히 그가 제자리에 서 있는지 뒤를 돌아보고 싶어 죽을 지경이었지만, 꾹 참고 앞만 보고 걸었다. 모르긴 하지만 그는 한참 그 자리에 서 있었던 게 틀림없다.

저 멀리 로게르가 보였다. 나는 그의 이름을 큰 소리로 불렀다. 그는 등을 돌려 나를 보더니 갑자기 뛰기 시작했다. 나는 그를 따라잡기 위해 달렸다. 우리는 친구다. 그가 나를 피해 도망칠 이유는 아무것도 없다.

　하지만 그는 나를 피했다. 나를 피해 도망치고 있는 것이다.

　"로게르! 기다려!"

　그는 발을 멈추지 않았다. 체육복을 넣은 가방이 허벅지를 아프게 때렸다. 나는 달리는 것을 포기했다. 로게르는 모퉁이를 돌아 사라져버렸다.

복도에 들어섰다. 이른 시각이었기에 교실문은 여전히 잠겨 있었다. 몇몇 학생은 복도에 서서 교실문이 열리기를 기다리고 있었다. 바닥에 여기저기 흩어져 있는 책가방들을 피해 큰 보폭으로 걸어야만 했다. 나는 체육복이 든 가방을 교실문 앞의 옷걸이에 걸어놓았다. 체육 수업 시작 전까지는 그곳에 걸어두어도 상관이 없었다.

나는 창틀에 걸터앉았다. 우리 반 학생 두 명이 복도 끝에서부터 걸어오고 있었다. 교실문 앞에 이른 그들은 책가방을 바닥에 내려놓았다. 나는 그들에게 살짝 고개를 끄덕여 인사를 건넸다. 크리스터는 내게 고개를 끄덕이며 인사를 되돌려주었다. 마르쿠스가 크리스터에게 나직한 목소리로 무슨 말인가를 속삭이자 크리스터가 킥킥대며 웃기 시작했다. 저 멀리 서 있는 로게르가 눈에 들어왔다. 그는 제자리에 가만히 서서 우리를 바라보고만 있었다. 나는 그에게 한 손을 번쩍 들어올리며 인사를 건넸다. 그는 내게 인사를 되돌려주지 않았다. 마르쿠스가 크리스터에게 다시 무언가를 말하자, 둘 다 한쪽 입가에 미소를 머금었다. 잠시 후, 마르쿠스가 다가와 내 옆에 서서 창밖을 내다보았다.

"저기 경찰차가 보이는데? 경찰들이 학교에 왔나 봐."

그가 나직하게 말했다.

나는 몸을 돌려 창밖을 내다보았다. 경찰차는 어디에도 보이지 않았다. 경찰차는커녕 자동차라곤 단 한 대도 보이지 않았다. 학교 운동장에는 아이들밖에 없었다. 조그만 아이들도 있었고, 내 나이 또래의 아이들도 있었고, 나보다 나이가 많은 학생들도 있었다. 어른들도 몇 명 보였다. 학교에 아이들을 데리고 온 부모님들 같았다.

"차는…… 안 보이는데……."

크리스터와 마르쿠스는 소리 내어 웃으며 복도 끝으로 걸어갔다. 로게르가 그들을 기다리고 있었다. 그들이 모퉁이를 돌아 자취를 감춘 후에도, 나는 그들의 웃음소리를 들을 수 있었다.

수업 시작을 알리는 종소리가 들렸다. 선생님이 와서 잠긴 교실문을 열어주었다. 선생님은 복도에 가방을 내팽개쳐둔 학생들을 꾸짖었다. 마르쿠스는 가방을 들어올렸으나, 크리스터는 가방을 본 척도 하지 않았다. 선생님은 크리스터의 가방을 들어올려 건네주었다.

"교실문 앞에 책가방을 놓아두면 안 돼."

크리스터가 선생님에게 무슨 말인가를 귓속말로 속삭였다. 선생님은 고개를 절레절레 흔들었다.

"안 돼. 그런 이야기는 하면 안 된단다."

곁에 서 있던 마르쿠스가 소리를 죽여 킥킥 웃기 시작했다.

점심시간이 되었다. 종이 치자 학생들은 책을 가방에 넣고 도시락을 꺼냈다. 선생님은 지난번에 읽다가 만 책을 꺼내고서 우리를 기다렸다.

"리사, 모두들 널 기다리고 있어."

선생님이 말했다.

리사는 가방에 있던 책을 모두 꺼내 책상 위에 올려두었다.

"찾을 수가 없어요."

"뭘 못 찾겠다는 거지?"

"도시락이요."

"집에서 잊고 가져오지 않은 건 아니야?"

"아니에요. 어머니가 가방에 직접 넣어주시는 걸 제가 봤어요. 도시락은 분명히 가방 속에 있었어요."

선생님은 교실 안을 둘러보았다.

"리사의 도시락을 본 사람이 있니?"

아무도 대답하지 않았다.

"빨간색 도시락이야. 새로 산 건데……."

리사가 말했다.

"빨간색 도시락 본 사람?"

선생님은 교실 바닥을 천천히 훑어보았다. 바닥에 떨어져 있는 도시락은 없었다.

"모두들 책가방을 들어올려봐. 혹시 책가방 밑에 떨어져 있는 도시락이 없는지 확인해보렴."

여전히 도시락은 어디에서도 찾을 수 없었다.

선생님은 교실문을 열고 복도를 내다보았다. 거기에도 리사의 도시락은 보이지 않았다.

"학교 오는 길에 떨어뜨린 건 아닐까?"

선생님이 말했다.

여학생 중 한 명이 리사에게 자신이 가져온 빵 한 조각을 권했지만 리사는 고개를 저었다.

우리는 도시락을 먹기 시작했다. 리사는 창밖만 멍하니 내다보았다. 혹시 창밖에 빨간색 도시락이 떨어져 있다고 생각하는 건 아닐까. 선생님은 책을 읽기 시작했다. 우리는 조용히 앉아 도시락을 먹으며 선생님이 책을 읽어주는 소리에 귀를 기울였다. 잠시 후, 선생님은 책 읽기를 멈추고 휴식 시간을 가졌다.

"리사, 지금 뭘 보고 있어?"

마르쿠스가 물었다.

"아무것도……."

"경찰차……?"

"아냐."

아이들은 동시에 웃음을 터뜨렸다. 선생님은 책을 들고 다시 읽기 시작했다. 아이들은 여전히 소리 내어 웃고 있었다. 선생님은 고개를 들고 아이들에게 왜 웃는지 물어보았지만, 아무도 대답하지 않았다.

"그럼 책을 계속 읽을까?"

선생님의 말에 아이들은 웃음을 그쳤다. 하지만 마르쿠스는 여전히 소리 내어 웃고 있었다.

"마르쿠스, 무슨 일이야?"

"아무것도 아니에요."

"그럼 왜 아직도 웃고 있지?"

"경찰차를 본 것 같아요."

"그게 그렇게 웃기니?"

"아주 웃기게 생긴 경찰차라서 그래요."

마르쿠스가 킥킥거리며 대답했다.

도시락을 먹은 우리는 밖으로 나갔다. 나는 다른 아이들보다 늦게 나가기 위해 일부러 느릿느릿 움직였다. 선생님은 내가 교실을 나가기를 기다렸다. 내가 교실을 나서자 선생님은 교실문을 잠갔다.

복도 옷걸이에 걸어둔 체육복 가방이 반대편으로 돌려져 있는 것을 발견했다. 나는 아침에 분명히 축구공 그림이 있는 앞면을 벽 쪽으로 걸어두었다. 그런데 지금은 축구공 그림이 반대쪽으로 보이도록 걸려 있는 게 아닌가. 나는 얼른 체육복 가방을 열어보았다. 가방 속에 무언가 빨간 물건이 들어 있었다. 리사의 도시락이었다. 나는 조심스레 흔들어보았다. 리사의 음식은 여전히 도시락 안에 들어 있었다. 순간적으로 도시락을 꺼내 리사에게 돌려줄까 생각해보았지만, 얼른 마음을 바꾸었다. 나는 도시락을 옆에 있는 체육복 가방 뒤에 살며시 내려놓았다.

운동장에 서 있는 로게르를 발견했다. 그는 자기 반 학생 몇 명과 함께 서 있었다. 그들은 축구공을 느릿느릿 패스하며 시간을 보내고 있었다. 원래는 학교 운동장에서 축구를 하는 것이 금지되어 있지만, 천천히 공을 패스하며 노는 아이들을 꾸짖는 선생님은 아무도 없었다. 나는 로게르에게 다가가 여느 때와 마찬가지로 방과 후 공터에서 공을 차며 놀자고 제안해볼 생각이었다. 하지만 이상하게도 로게르는 평소와는 달라 보였다. 우린 초등학교에 입학할 때부터 친하게 지내왔다. 그런데 지금은 그가 나를 피하는 것만 같았다. 마치 나를 낯선 사람처럼 대하고 있는 것이다. 이유를 알 수 없었다. 난 그에게 나쁜 짓을 한 적도 없고, 그의 등 뒤에서 욕을 한 적도 없는데 말이다. 물론, 우리도 가끔 싸울 때가 있다. 하지만 싸우고 나면 항상 화해를 했고 다시 친구가 되었다. 마지막으로 우리가 싸움을 하고 사이가 틀어졌던 건 몇 달 전의 일이다. 지금 나를 보는 로게르의 표정은 우리가 단 한 번도 친구 사이로 지냈던 적이 없는 것만 같았다. 내가 누군지도 모르는 것 같은 표정이었다.

나는 축구단에 속한 소년들에게 다가가 말을 건네보았다. 목요일 날 축구 훈련을 하는지, 오늘 방과 후에 축구를 하는지에 대해서 물어보았다. 그들은 모른다고 대답했다. 곧 수업 시작을 알리는 종소리가 들려왔다.

다음 시간은 체육 시간이었다. 선생님은 잠겨 있던 로커룸을 열어주며 서두르라고 말했다. 나는 옷을 벗어 평소 내가 사용하던 옷걸이에 걸어둔 후, 가방에서 체육복과 운동화를 꺼냈다. 크리스터가 가까이 다가왔다. 그가 나를 향해 흘낏 곁눈질을 하더니 마르쿠스에게 몸을 돌렸다. 마르쿠스는 알 수 없는 몸짓을 했다. 나는 전혀 이해할 수 없었다. 갑자기 그가 크리스터에게 다가가 귓속말을 하는 척했다. 나는 그가 귓속말을 하는 척하며 내 가방 속을 들여다본다는 것을 눈치챘다. 물론, 내 가방 속에는 그가 찾는 것이 있을 리가 없었다. 오직 수건만이 들어 있을 뿐이었다. 그리고 그것은 빨간색과는 거리가 멀었다.

체육 선생님은 우리에게 둥그렇게 서서 준비 운동을 하라고 말했다.
 "오늘은 뭘 할 건가요?"
 한 여학생이 물었다.
 "농구를 할 거야."

"농구는 재미없어요! 다른 게임을 하면 안 돼요?"

마르쿠스가 소리쳤다.

"게임이라고? 어떤 게임?"

"도둑 잡기 게임이요!"

"안 돼. 그건 유치원 아이들이나 하는 놀이야."

아이들이 일제히 소리 내어 웃자 선생님도 미소를 머금으며 말했다.

"그렇게 웃긴 말을 한 건 아닐 텐데……."

"아니에요, 굉장히 웃겼어요. 왜냐하면 진짜 도둑을 잡을 수 있기 때문이에요."

마르쿠스가 소리쳤다.

우리는 농구를 했다. 농구를 좋아하는 아이는 거의 없었다. 경기 중 휴식 시간이 돌아오자 아이들은 공을 손으로 던지는 대신 발로 차며 놀기 시작했다. 어떻게 점수를 내든 아무도 신경 쓰지 않았다. 결국 선생님도 점수 세는 것을 포기하고 말았다.

"좋은 훈련이야."

선생님이 말했다.

"무엇에 좋은 훈련인가요?"

누군가가 질문을 했다.

"전반적인 구기 종목 훈련에 좋아. 공에 대한 감각을 익히려면 먼저 공과 친구가 되어야 해. 공을 사용하는 운동이라면 어떤 종목이든 막론하고 다 그렇단다."

"그래도 골프는 싫어요."

누군가의 말에 선생님은 소리 내어 웃었다.

"알았어. 골프는 하지 않아도 돼. 하지만 다음 시간에는 축구 골프를 하도록 하자. 축구 골프를 해본 사람 있니?"

아무도 대답하지 않았다.

선생님은 축구공과 양동이를 찾아왔다. 체육관 끝에 양동이를 내려놓은 선생님은 반대편에서 축구공을 발로 찼다. 공은 반원형을 그리며 양동이 안에 정확하게 떨어졌다.

"운동장에 이런 양동이 몇 개를 세워놓고 공을 차 넣으면 돼. 누가 가장 공을 많이 넣는지 내기를 해볼 생각이야."

몇몇 여학생들은 재미없을 거라며 툴툴거렸다.

"다음 시간에 할 거야. 다들 준비하도록 해."

선생님이 말했다.

방과 후, 교문을 나서려던 나는 운동장에 낯익은 얼굴이 있는지 둘러보았다. 공놀이를 하는 아이들이 몇 명 있었으나, 아는 얼굴은 없었다. 운동장에 있는 아이들은 모두 공을 차고 있었다. 축구장에는 조그만 저학년 아이들 몇 명밖에 보이지 않았다. 친구들 집에 가서 초인종을 눌러볼까 생각을 해보았지만, 딱히 떠오르는 얼굴이 없었다. 로게르는 분명 축구팀 아이들과 함께 놀고 있을 것이다. 내게 함께 놀자고 제안해오는 아이도 없었다. 별수 없이 집으로 터덜터덜 발을 옮길 수밖에 없었다. 집에 가서 혼자서라도 축구 골프를 할까 생각도 해보았다. 그리 나쁜 아이디어는 아니었다. 마당에서 혼자 놀아도 상관없을 것 같았다.

갑자기 등 뒤에 그가 다가왔다. 이웃집 남자. 집에 오는 길에 그를 보진 못했는데 어쩐 일일까. 그는 나를 따라 잡기 위해 총총걸음을 걸었을 것이 분명했다.

"그들이 다시 왔다 갔어."

그가 뜬금없이 말문을 열었다.

나는 몸을 돌렸다. 그는 한 손으로는 마트 봉지를 들고, 다른 한 손으로는 개의 목줄을 잡고 있었다. 털이 곱슬한 작은 강아지는 으르렁거리며 내게 가까이 다가왔다.

"누가요? 누가 왔다 갔나요?"

"경찰. 어제 왔던 사람들이 오늘도 너희 집에 다녀갔어. 오늘은 집 안에서 아주 오랫동안 있었다고."

"그래요?"

"무언가를 많이 들고 나가더라. 아주 많이."

"그랬어요?"

"도대체 너희 집에 무슨 일이 있었던 거니?"

"저도 몰라요."

"모른다고? 너희 집에서 일어난 일을 어떻게 네가 모를 수가 있니? 너는 분명히 알고 있어, 그렇지? 도대체 무슨 일이야?"

"아무 일도 없어요."

나는 다시 등을 돌려 있는 힘을 다해 집으로 달려갔다. 잠겨 있던 대문을 열고 서둘러 집 안으로 뛰쳐들어갔다.

엄마는 정원에 서 있었다. 발갛게 상기된 엄마의 얼굴은 눈물로 젖어 있었다.

"아빠가 집에 돌아왔나요?"

엄마는 대답을 하지 않았다.

"경찰들이 다녀갔나요?"

엄마는 말없이 고개만 끄덕였다.

"경찰들이 엄마를 때렸나요?"

엄마는 고개를 저었다. 엄마가 울고 있는 건 그 때문이 아니었다.

"무슨 일이에요?"

엄마는 아무 말도 하지 않으려 했다. 나는 외투를 걸어놓기 위해 현관의 옷장을 열었다. 옷장 안은 거의 텅 비어 있었다. 엄마와 아빠의 외투도 보이지 않았다.

엄마는 내 체육복이 들어 있던 가방을 열고 젖은 수건을 꺼내 욕실 바닥에 팽개쳤다.

"엄마, 도대체 무슨 일이에요? 아빠에게 무슨 일이 생겼나요? 왜 경찰들이 우리 집에 들락날락하는 거죠?"

엄마와 나는 부엌으로 가서 식탁 앞 평소 앉던 자리에 앉았다. 저녁 식사 직전에는 커피를 전혀 마시지 않던 엄마가 커피잔을 앞에 두고 있었다.

"그들이 아빠를 체포했어."

엄마가 힘겹게 말문을 열었다.

"아버지를요?"

"응, 네 아버지."

엄마는 단 한 번도 '네 아버지'라고 말한 적이 없었다. 내게 말할 때는 항상 '아빠'라고 했다. 마찬가지로 아빠도 '엄마'라고 칭했다. 퇴근해서 집에 오면 내게 '엄마 집에 있니?'라고 묻곤 했다.

"경찰들이 뭐 때문에 아빠를 체포했나요?"

"직장 동료가 신고했대. 그 사람은 네 아버지가 회사 로커룸에서 무언가를 훔쳤다고 말했어."

"뭘요?"

"그건 나도 몰라. 경찰들은 그게 뭔지 내게 말해주지 않았어. 하지만 오늘 경찰서에서 만난 사람에게 다시 물어봤더니, 최근 회사 로커룸에서 무언가 자꾸 없어져서 직원 중 한 명이 범인을 잡기 위해 로커룸에 숨어 있었다고 하더구나. 그는 네 아버지가 범인이라고 주장했어."

"아빠가요……?"

"응. 그들은 바로 경찰에 신고했어. 경찰이 어제 네 아버지를 데려갔던 건 바로 그 때문이었어. 경영진들도 최근에 도난 사건이 자주 발생했다고 경찰들에게 말했단다. 물건들이 자꾸만 없어진다고 말야. 그래서 경찰들이 어제 우리 집 창고를 뒤졌던 거야. 경찰들은 공장에서 없어진 물건들이 우리 집 창고에서 발견되었다고 말했어."

"그게 정말이에요?"

"응, 적어도 경찰들은 그렇게 말하더구나. 사실, 경찰은 오늘도 우리 집에 다녀갔단다. 지하실과 다락을 수색하더니 회사에서 도난당한 물건들이 꽤 많이 발견되었다고 말했어."

"지하실에요? 거긴 평범한 물건밖에 없잖아요? 그리고 그건 전부 우리 건데…… 스키랑 자동차의 겨울타이어, 그리고 내 자전거랑 엄마 자전거. 공장에서 가져온 물건은 하나도 없는데, 이상해요."

"경찰은 네 아버지가 공장에서만 물건을 훔친 게 아닐지도 모른다고 했어. 그래서 지하실에 있던 물건을 가져갔단다."

"뭘 가져갔나요?"

"네가 말했던 것들…… 우리 스키랑 자전거. 자동차 타이어와 겨울용 스포츠웨어 같은 것들……."

"내 자전거를요? 경찰이 내 자전거를 가져갔다고요? 그건 새 자전거잖아요. 내 생일날 선물로 받았던 자전건데…… 가게에서 금방 구입한 새 자전거! 엄마랑 아빠가 제게 생일 선물로 준 거잖아요. 그 자전거는 가게에서 산 거예요. 경찰이 그걸 가져갈 이유는 없어요, 그렇죠? 그건 훔친 물건이 아니에요. 엄마가 경찰에게 말하면 되잖아요. 훔친 게 아니라 가게에서 산 거라고!"

엄마는 식탁만 내려다보았다.

"글쎄…… 나도 모르겠어. 그 자전거를 집에 가져온 건 네 아버지였어. 우린 네 생일 선물로 새 자전거를 사주려고 함께 의논을 했단다. 며칠 후에 네 아버지는 우리가 봐두었던 모델을 원래 가격보다 훨씬 싸게 구입했다고 하더구나. 부도가 나서 문을 닫기 직전인 가게에서 전시용으로 사용했던 자전거라 싸게 구입할 수 있었다고 했어. 물론, 그 자전거는 한 번도 사용한 적이 없는 새 자전거였지. 안장에도 비닐이 씌어 있었어. 하지만 난 그 자전거를 어떤 가게에서도 본 적이 없었거든. 그런데 어느 날 저녁 네 아버지가 자전거를 가지고 집에 왔어. 네 생일날 준다며 창고에 숨겨두었다가 그날이 되자 네 방으로 가져간 거였어."

"아침에 일어나니 침대 옆에 자전거가 있었어요."

"맞아, 그날 네가 정말 기뻐했던 게 기억나는구나."

"제가 정말 갖고 싶었던 자전거였어요."

엄마는 커피를 한 모금 들이켰다.

"그렇다면 그 자전거는 이제 제 것이라고 할 수 없겠네요?"

나는 조심스레 엄마에게 물어보았다.

"응."

엄마는 고개를 끄덕이며 대답했다.

"그렇다면 누구 자전거인가요?"

"그건 나도 몰라."

"이제부터는 다른 사람이 그 자전거를 타게 되는 건가요?"

"나도 모르겠어."

욕실에 들어간 엄마는 한참 동안 나오지 않았다. 나는 거실에 앉아 아빠가 평소 즐겨 앉던 의자를 바라보았다. 아빠의 의자. 아빠는 훔친 자전거를 내 생일 선물로 주었다. 원하던 자전거를 받은 나는 너무나 기뻐했다. 엄마 아빠에게서 받은 선물. 이젠 그 선물도 사라져버린 것이다.

엄마는 내게 저녁을 먹을 거냐고 물었다. 엄마는 단 한 번도 내게 그런 질문을 한 적이 없었다. 저녁때가 되면 식탁에 상을 차리고 내게 저녁을 먹으러 오라고 했을 뿐이다. 가끔은 엄마와 나만 식탁에 앉아 저녁을 먹을 때도 있었다. 하지만 대부분은 아빠를 포함해 온 가족이 함께 모여앉아 저녁을 먹곤 했다.

엄마는 가게에서 랍스카우스(고기와 야채를 주재료로 한 스튜-역주) 캔을 사와 냄비에 넣고 데웠다. 엄마는 입맛이 없다고 했다. 나는 천천히 음식을 먹었다. 너무나 맛이 없었다. 엄마가 직접 만들어준 음식은 항상 맛이 좋았다. 엄마는 단 한 번도 캔에 든 음식을 산 적이 없었다. 저녁 식사로 캔 음식을 데워 먹었던 기억은 딱 한 번밖에 없다. 그날은 엄마가 집을 비웠기 때문에 아빠가 저녁을 준비했던 날이다. 엄마가 어디로 갔는지는 기억이 나지 않는다. 아빠는 캔을 열고 음식을 데웠다. 우리는 함께 저녁을 먹으며 내내 크게 소리 내어 웃었다. 아빠는 우리가 캔 음식을 먹었다는 것을 엄마에게 비밀로 해야 한다고 말했다. 만약 엄마가 알면 우릴 죽일지도 모른다고 농담을 하기도 했다. 우리의 웃음소리는 끊이지 않았다. 나는 그날 캔에 든 랍스카우스도 꽤 맛있다고 생각했다. 아빠는 절대 엄마가 이 사실을 알면 안 된다고 몇 번이나 되풀이해서 말했다. 하지만 엄마가 집에 돌아왔을 때, 우리는 저녁으로 캔 음식을 먹었다고 말해버렸다. 모두들 큰 소리로 웃었다. 엄마는 장난꾸러기 같은 남자 두 명에게 너무나 잘 어울리는 일이라고 말했다.

전화가 왔다. 엄마는 핸드폰을 들고 거실로 나갔다. 저녁을 다 먹은 나는 빈 접시를 식기세척기 안에 넣었다. 문득, 지금 아빠는 어디에 있는지 궁금해졌다. 아직도 경찰서에 있을까. 감옥에 있는 건 아닐까. 나는 아빠와 함께 경찰서에 가본 적이 있다. 아빠가 여권을 만들기 위해 사진을 찍고 서류를 작성하는 동안, 나는 의자에 앉아 잡지를 읽었다. 나는 아빠에게 경찰서에 따라가겠다고 졸랐다. 한 번도 경찰서에 가본 적이 없었던 나는 무척 재미있을 거라고 생각했다. 하지만 막상 가보니 재미는커녕, 마치 치과의 대기실에 앉아 기다릴 때와 마찬가지로 지루하기만 했다. 경찰서 한쪽 구석에는 작은 탁자와 조그만 어린이들을 위한 레고 조각들이 있었다. 하지만 그곳에는 조그만 아이들이라곤 한 명도 보이지 않았다. 다른 쪽 탁자에는 잡지가 몇 권 놓여 있었다. 아빠는 차례가 올 때까지 잡지 한 권을 들고 뒤적였다. 어쩌면 아빠는 지금 그곳에 있을지도 모른다. 대기실에 앉아 있을지도 모른다. 아니, 어쩌면 감옥에 있을지도 모른다.

전화 통화를 마친 엄마는 등 뒤로 거실문을 조심스레 닫았다. 벽에 걸린 거울에 살짝 얼굴을 비추어본 엄마는 부엌에 앉아 있던 내게 다가왔다.

"다 먹었니?"

"네."

"상황이 더 나빠질지도 모르겠구나."

"어떻게요?"

"네 아버지 말야. 방금 전화를 했던 사람은 변호사란
다."

"아빠를 위한 변호사인가요?"

"응. 내일 아침 이 사건에 대한 기사가 신문에 날 예정
이라고 하더구나."

"신문에 아빠가 체포되었다고 나오나요?"

"아냐, 신문 기사에는 도난 사건의 범인으로 보이는
사람을 체포했다고만 나올 거야. 없어진 물건들을 찾았
다는 기사와 함께."

"그렇군요."

"때문에 사람들이 수군거릴지도 몰라. 우리 등 뒤에서
말야."

"네……."

공을 들고 밖으로 나갔다. 마당에 양동이를 세워놓고 축구 골프를 해볼 생각이었다. 하지만 옆마당에는 위층에 사는 사람들이 서 있었다. 그들은 여느 때와 마찬가지로 내게 말을 걸어올 것이 분명했다. 하지만 나는 그들과 대화를 나누고 싶은 마음이 전혀 없었다. 공원에 가볼까 생각했다. 이 시간에 공원에서 볼 수 있는 사람이라곤 조그만 아이들 몇 명밖에 없다. 지하실 문을 열고 들어갔다가 얼른 다시 나와버렸다. 내 자전거는 그곳에 없었다. 이제 내겐 자전거가 없다. 우리 반 아이들은 모두 자전거를 가지고 있다. 축구팀 아이들과 내가 아는 아이들은 모두 자전거를 가지고 있다. 나만 자전거가 없는 것이다.

나는 가까운 하우겐 언덕으로 올라갔다. 자전거 없이 공원까지 가기엔 너무나 멀었다. 언덕 꼭대기에는 커다란 바위가 있었다. 나는 바위 위로 기어올라가 앉았다. 누군가가 매끈한 바위 한쪽 면에 분필로 낙서를 해놓았다. 마치 조그만 아이가 그린 그림처럼 선 하나로 사람을 그려놓은 것이었다. 문득, 그토록 조그만 어린아이라면 혼자 힘으로 바위 위에 올라가지 못할 것이라는 생각이 스쳤다. 그렇다면 도대체 누가 이런 그림을 그렸을까. 고개를 돌리니 작은 분필 조각 하나가 눈에 띄었다. 나는 그것을 집어들고 바위에 내 이름을 적었다. 성과 이름. 잠시 후, 조금 남은 분필 조각으로 내 이름 위에 줄을 죽죽 그었다. 이제 내 이름은 회색 바위 위에 하얀 점 하나로 변해버렸다.

왜 자전거가 없느냐고 혹여 누가 내게 묻는다면 어떻게 대답해야 할까. 자전거가 없는 아이는 나밖에 없다. 내가 자전거를 선물로 받았던 날, 아이들은 저마다 내 자전거를 한 번씩 타보고 싶어했다. 고학년 아이들도 마찬가지였다. 심지어는 자전거를 얼마 주고 샀냐며 묻는 아이도 있었다. 나는 생각나는 대로 꽤 높은 가격을 말해버렸다. 모두들 고개를 끄덕였다. 값싼 자전거라고 놀리는 아이는 아무도 없었다. 난 부모님에게 자전거 가격이 얼마인지 물어보지 않았다. 선물로 받은 물건의 가격이 얼마인지 물어보는 건 예의에 어긋나는 일이다. 아이들이 왜 자전거가 없느냐고 물어온다면 난 자전거를 도둑맞았다고 할 생각이다. 자물쇠를 채워두지 않은 채 슈퍼마켓 앞에 세워놓았더니 누가 훔쳐갔다고 말할 생각이었다. 그래서 자전거가 없다고 말하면 되지 않을까. 경찰에 도난 신고를 했다고도 말할 것이다. 경찰들이 우리집에 찾아온 건 바로 그 때문이라고. 누가 내 자전거를 훔쳐갔는지 알아내려고 말이다.

주변을 둘러보았다. 이곳은 내가 사는 동네다. 난 태어날 때부터 이곳에서 살았다. 엄마도 이 동네에서 태어났다. 외할아버지도 마찬가지다. 외할아버지는 증조할아버지의 집 거실에서 태어났다. 엄마가 해준 이야기다. 엄마는 조산원에서 태어났다. 외할아버지는 외할머니가 진통을 시작할 때 조산원으로 데려갔다. 엄마는 자매 중 막내다. 내가 태어났을 때는 조산원이 동네에서 사라지고 없었기에, 엄마는 두 시간이나 떨어진 병원으로 가야만 했다. 나는 거기서 태어났다. 며칠 후, 부모님은 나를 데리고 집에 돌아왔다. 그날 이후로 나는 이 동네에서 살았다. 처음 두 해는 학교 옆 작은 주택에서 살았고, 그 후부터 지금까지는 아버지 회사에서 제공하는 조금 더 큰 집에서 살아왔다. 우리 동네의 거의 모든 집은 회사 직원들이 사용하는 사택이라 해도 과언이 아니다.

바닷가에 자리한 아버지 회사를 내려다보았다. 내가 아는 아이들의 엄마나 아빠 중엔 적어도 한 사람은 그 회사에서 일을 하고 있다. 부모님 둘 다 같은 회사에서 일을 하는 아이들도 적지 않다. 아이들의 부모님 중에 아빠와 같은 회사에서 일을 하지 않는 사람은 열 손가락 안에 들 정도다. 그들은 학교 선생님이거나 가게를 경영하는 사람들이다.

아빠는 단지 이 회사에서 일을 하기 위해 우리 동네로 이사를 왔고, 엄마를 처음 만났다. 엄마는 당시 회사 식당에서 일을 하고 있었다. 지금도 회사 식당에서 일을 하지만, 매일 나가서 일을 하진 않는다. 내가 태어난 후에 일을 줄였던 것이다. 아빠는 회사 소속 정비소에서 매일 일을 한다. 아빠는 돈을 꽤 많이 벌기 때문에 엄마까지 일을 할 필요는 없다고 입버릇처럼 말했다.

피오르 건너편에 높이 솟아오른 산을 바라보았다. 회사 앞 부둣가에는 커다란 배가 정박되어 있었다. 테이겐이라고 불리는 이 동네에는 회사 사택밖에 없다. 사람들은 이 지역을 '볼리게네'라고 불렀다. 학교 옆에는 '랑볼리겐'과 '슬로테'라고 불리는 지역이 있다. 우리는 예전에 슬로테에서 살았다. 강 건너편에는 아파트가 보인다. 그 아파트 역시 회사가 소유한 건물이다. '스카레'와 '스쿠그헤임'이라 불리는 지역엔 개인 주택이 들어서 있다. 그것은 회사가 아닌 개인이 소유한 주택들이다. 엄마는 그런 집에서 살고 싶어했다. 우리도 언젠가는 그런 집을 사거나, 또는 직접 집을 지어 살고 싶다고 했다. 아빠는 엄마의 소망을 탐탁지 않게 여겼다. 지금 살고 있는 집도 충분히 좋다고 생각했던 것이다.

"우리는 회사 사택에서 살고 있어. 여기서도 얼마든지 잘 살 수 있어. 내가 회사에서 계속 일을 하는 한, 이 집에서 살 수 있다고. 그건 고용계약서에도 분명하게 명시되어 있어."

아버지는 자주 이렇게 말했다.

"집은 한 채만 있어도 충분해."

나는 아버지의 회사 건물을 내려다보았다. 거대한 용광로가 들어서 있는 공장 건물은 겨울이 되어도 한기를 느낄 수 없을 정도다. 밤낮없이 돌아가는 용광로를 지키기 위해선 사람들이 필요하다. 어떤 사람들은 성탄절 휴가 기간이나 제헌절 공휴일에도 일을 했다. 반면 회사의 창고 건물에서 근무하는 사람들은 낮에만 일을 했다. 때문에 그들은 임금을 많이 받는 편은 아니었다. 하지만 근무 환경은 꽤 깨끗하고 좋다고 알려져 있었다. 회사 정문에서 공장으로 들어가는 길에는 정비소가 있다. 아빠는 그곳에서 일을 했다. 정비소에서 근무하는 사람들도 밤낮으로 일할 필요는 없었지만, 가끔 저녁 시간에 급하게 해야 할 수리 작업이 생기면 사람들은 아빠에게 전화를 했다. 전화를 받고 나간 아빠는 가끔 밤새 집에 돌아오지 않은 적도 있었다.

거대한 선박 한 척이 피오르 안쪽으로 들어오고 있었다. 선박은 잠시 후 회사 건물 앞 부둣가에 정박할 것이다. 거기에는 또 다른 배 한 척이 이미 정박되어 있었다. 크게 문제될 것은 없었다. 나는 얼마 전 부둣가에 커다란 배 세 척이 동시에 정박되어 있는 걸 본 적도 있다. 한번은 학교에서 장래희망에 대해 이야기를 한 적이 있다. 나는 커서 뱃사람이 되고 싶다고 말했다. 가끔 피오르 안쪽으로 들어와 회사 앞 부둣가에 멈춰서는 커다란 배에서 일하는 선원이 되고 싶었다. 어떤 배들은 금속 재료를 실어오기도 하고, 또 다른 배들은 회사에서 만들어낸 물건을 실어나가기도 한다. 언젠가 아빠는 자동차 한 대를 가리키며, 그 자동차의 금속을 아빠 회사에서 생산한다고 말했다. 나는 엄마, 아빠에게 커서 선원이 되겠다고 말했다. 아빠는 그럴 필요는 없다고 말하며, 차라리 아빠 회사에서 일하는 게 훨씬 좋다고 덧붙였다.

"커서 아빠 회사에서 일하렴. 그러면 미래를 확실하게 보장받을 수 있어. 바로 네 아빠처럼 말야."

터널 두 개가 각각 양쪽으로 뻗어 있었다. 어디론가 여행을 가기 위해선 두 터널 중 하나를 꼭 거쳐 가야만 한다. 우리는 대부분 둘 중 길이가 더 긴 터널을 이용하곤 했다. 바로 그 터널이 시내로 가는 터널이기 때문이다. 차를 타고 가면 그리 오래 걸리진 않는다. 15분 정도면 시내에 도착할 수 있다. 음식을 살 때면 동네에 있는 가까운 마트를 이용하지만 음식 외에 다른 물건들을 사기 위해선 터널을 지나 시내로 가야만 한다.

아빠는 지금 시내에 있다. 경찰서가 시내에 있기 때문이다. 터널 반대편. 산등성이 반대편에 자리한 곳.

나는 몸을 일으키고 기지개를 켰다. 딱딱한 바위 위에 오래 앉아 있었더니 여기저기 몸이 쑤시기 시작했다. 처음 이곳에 왔을 때, 나는 아무것도 모르는 갓난아기였다. 그 후, 나는 지금까지 여기서 쭉 살아왔다. 변한 것은 거의 없다. 하지만 지금, 바로 지금은 모든 것이 변했다는 생각뿐이다. 세상이 달라진 것 같은 느낌이 스쳤다.

어제 회사 로커룸에서는 무슨 일이 있었을까? 나는 아빠와 함께 그곳에 수도 없이 가보았다. 로커룸은 꽤 작았다. 정비소에서 일하는 직원들만 사용하는 로커룸이기 때문이다. 아빠를 비롯한 직원들은 각자의 옷장을 가지고 있었다. 사람들은 거기에 작업복과 개인 사물을 보관했다. 어떤 옷장에는 좋아하는 축구팀 등의 스티커가 부착되어 있기도 했다. 아빠의 옷장에는 몇 년 전에 커다란 연어를 잡은 직후 찍었던 사진이 붙어 있다. 아빠는 동료들 중 더 큰 물고기를 잡은 사람이 나타나면 자신의 옷장에 붙여놓았던 사진을 떼어내겠다고 말했다.

로게르를 찾아가서 대화를 나누어보려고 결심했다. 로게르의 아버지도 회사 정비소에서 일하기 때문에 무슨 일이 있었는지 알고 있을 것 같았다. 집 대문 앞에 직접 찾아가면 나를 피할 수는 없을 것이다. 대화를 하는 것도 가능할 것 같았다. 왜냐하면 로커룸에서 도난 사건이 일어난 건 그리 오래전 일이 아니니까. 로게르도 그렇게 말했다. 한번은 누가 자기 아버지 시계를 훔쳐갔다고 말한 적도 있다. 선물로 받은 새 시계였다. 로게르는 시계를 잃어버린 아버지가 무척 슬퍼하며 화를 냈다고 말해주었다. 시계를 훔쳐간 사람이 꼭 잡혔으면 좋겠다고도 말했다. 물건을 훔친 사람은 꼭 그 대가를 받아야 한다고 덧붙이기도 했다. 나는 선물로 받은 새 시계를 훔쳐간 사람은 도대체 무슨 생각으로 그런 일을 했는지 알 수가 없다고 맞장구를 쳤다. 나는 로게르를 찾아가 로커룸에서 무슨 일이 있었는지 물어볼 것이다. 그리고 오늘 아침 학교 가는 길에 왜 나를 피했는지도 물어볼 것이다.

눈물이 주르륵 흘러내렸다. 문득, 모든 것을 알 것 같았다. 시계. 로게르. 로커룸. 물건을 훔쳐간 사람이 누구인지 모두 다 알 수 있을 것 같았다. 모든 것을 이해하고 나니 로게르와 대화를 나눌 수가 없을 것 같았다. 로게르가 나를 피했던 것도 이유가 있었기 때문이다. 그들은 도둑이 누구인지 알아냈고, 경찰은 도둑을 잡아갔다. 나는 로게르에게 아무것도 물어볼 수가 없을 것 같았다. 그에게서 어떤 대답을 들을지 너무나 분명하니까.

로게르, 물건을 훔친 사람이 누구야?
네 아버지.

나는 바위에 몸을 기댔다. 갑자기 소낙비가 내리기라도 하는 양 축구공을 껴안고 바위에 바짝 몸을 붙였다. 아주 거센 소낙비. 몸이 젖기라도 하듯 바짝 몸을 웅크려보았다. 하늘은 구름 한 점 없이 푸르기 그지없었지만, 나는 온몸이 흠뻑 젖어버렸다. 양 볼과 입, 턱. 스웨터까지 흠뻑 젖었다. 생일날 이모가 직접 짜준 스웨터. 파란색, 빨간색, 흰색이 섞인 스웨터. 아무리 경찰이라 할지라도 이 스웨터는 가져갈 수 없을 것이다. 이건 내 스웨터니까.

집으로 돌아가는 길에 이웃집 남자와 마주쳤다. 나는 그의 앞을 지나칠 때도 그가 묻는 말에 대답을 하지 않았다. 엄마는 거실에 앉아 있었다. 나는 욕실에 가서 코를 풀고 세수를 한 다음 볼일을 보았다. 다시 물을 틀어 얼굴과 손을 씻었다. 거실로 가니 엄마는 안락의자에 앉아 텔레비전을 멍하니 바라보고 있었다. 하지만 텔레비전은 켜져 있지 않았다. 엄마는 내게 아무 말도 하지 않았다. 의자 옆 탁자 위에는 빈 와인 잔이 놓여 있었다. 엄마의 충혈된 두 눈은 퉁퉁 부어 있었다.

"엄마, 지금 울고 있어요?"

"아냐."

"왜 울고 있나요?"

"뭐 때문이라고 생각하니?"

"글쎄요, 잘 모르겠어요."

탁자와 안락의자 사이의 바닥에는 와인 병이 있었다. 엄마가 앉아 있는 의자는 몇 년 전 성탄절 선물로 받은 것이다. 아빠는 그 의자가 세상에서 가장 편한 의자라고 말했다. 엄마는 그 의자를 참으로 좋아해서 텔레비전을 볼 때마다 앉곤 했다. 아빠가 자주 앉던 갈색 가죽 의자에 앉으려는 순간, 엄마가 나를 바라보았다. 나는 얼른 마음을 바꿔먹고 소파에 앉았다. 텔레비전을 볼 때 나는 자주 소파에 앉아서 보았다. 두 발을 소파 위로 끌어올리고 팔걸이에 몸을 기댔다. 리모트컨트롤러는 탁자 위에 있었다. 그것을 집으려고 손을 뻗는 순간 엄마가 다시 나를 바라보았다. 나는 얼른 손을 뒤로 뺐다. 나를 바라보는 엄마의 눈빛은 마치 '안 돼!'라고 말하는 것 같았다.

"엄마……."

"응?"

"시계 말이에요. 로게르 아버지의 시계…… 그 시계를 아빠가 훔쳤다고 생각하나요?"

"응."

"정말요?"

"응. 경찰이 아빠의 물건 중에서 도난당한 시계를 발견했어."

나는 숨을 멈추었다. 엄마는 내게 눈을 돌리지 않았다. 텔레비전을 멍하니 바라보고 있을 뿐이었다. 나는 엄마를 뚫어지게 바라보았다.

"우리 텔레비전도 아빠가 훔친 걸까요?"

"글쎄."

"엄마의 안락의자는요?"

"잘은 모르겠지만 이것도 훔친 거겠지."

"그럼 우리 집 물건은 모두 훔친 건가요? 제 옷도? 제 게임 기구도? 제 침대도요?"

"모르겠어. 전부는 아닐 거야. 하지만 몇몇은 훔친 물건일지도 몰라."

"경찰이 우리 물건을 전부 가져가면 어떡하죠?"

엄마는 고개를 돌려 나를 바라보았다.

"우리 물건을? 전부 다? 그렇겠지. 우리 물건이라 할 수 있는 건 아무것도 없을 거야. 모두 훔친 물건이 분명해. 집안에 있는 모든 것들 말야. 네 아버지는 항상 무언가를 정리하거나 수리하곤 했어. 난 그런 일을 함께하지 않아도 되었지. 무언가를 살 때마다 항상 선물이라며 갑자기 들고 오곤 했어. 그래, 네 아버지는 그런 식으로 우리를 놀래주는 걸 좋아했지. 그만큼 도둑질도 좋아했던 건 아닐까. 야근을 해야 한다며 저녁 시간에 집을 비우는 일도 잦았어. 지금 생각하니 그건 괜한 거짓말이었고 그 시간에 도둑질을 했던 것 같아."

엄마는 소리 내어 울기 시작했다. 탁자를 발로 쿵 차더니 입술을 깨물며 욕설을 내뱉었다. 나는 내 방으로 들어가 불을 켰다가 얼른 다시 끈 후, 창가에 서서 밖을 내다보았다. 한참 후 엄마가 들어와 잘 시간이 되었다고 말했다. 나는 두말없이 침대에 누웠다.

눈을 뜨니 아침이었다. 문밖에서 엄마의 발소리가 들렸다. 문을 여닫는 소리가 났다. 엄마는 욕실에서 나와 부엌으로 향했다. 여느 때와는 달리 나를 깨우러 오지 않았다. 나는 좀 더 기다려보았다. 하지만 화장실이 급해 결국 일어나고 말았다. 볼일을 보고 부엌에 가니, 엄마는 신문을 앞에 두고 앉아 있었다. 내가 들어오는 것을 본 엄마는 얼른 신문을 접은 후 식탁 위에 내려놓았다.

"이제 일어났니?"

"네."

"원한다면 조금 더 자도 돼."

"잠이 오지 않아요."

엄마는 아무 말도 하지 않았다.

"신문에 뭐라고 났나요?"

"너는 이런 데 신경 쓸 필요 없어."

"아빠에 대한 기사가 실렸나요?"

"신경 쓰지 말랬잖아."

나는 방으로 들어가서 옷을 꺼내 욕실로 가져갔다. 엄마는 여전히 부엌에 앉아 있었다.

"이제 학교에 가볼게요."

"오늘은 학교에 갈 필요 없어. 오늘만."

"학교에 안 가도 된다고요?"

"응."

"그래도 학교는 가야 할 것 같아요. 다녀올게요."

엄마는 나직하게 무슨 말인가를 했지만, 나는 알아들을 수가 없었다. 이상하게도 엄마는 내게 아침을 먹고 가라든가, 도시락을 가져가라는 말도 하지 않았다. 단지 앉아 있기만 할 뿐이었다. 무언가를 보고 있긴 했지만, 나는 엄마가 무엇을 보고 있는지 알 수 없었다. 적어도 나를 보지 않는 건 확실했다.

집을 나섰다. 대문을 열고 여느 때와 마찬가지로 학교 가는 길을 걷기 시작했다. 책가방을 멘 학생들이 보였다. 저학년 아이들, 고학년 아이들, 그리고 내 또래의 아이들이 길을 걷고 있었다. 모두들 같은 길을 걸어 학교 정문을 통과해 운동장으로 들어섰다. 문득, 학교 입학식 날이 떠올랐다. 나는 그전에도 학교 운동장에 여러 번 들어가본 적이 있다. 하지만 학생의 신분으로 학교에 간 것은 그날이 처음이었다. 새 책가방과 새 옷과 새 신발로 단장한 나는 엄마의 손을 꼭 잡고 있었다. 아빠도 곁에 서 있었다. 한여름처럼 더운 날이었고, 나는 긴장감과 기대감으로 가득 차 있었다. 학교 운동장에서 아이들이 만들어내는 왁자지껄한 소리를 저 멀리서도 들을 수 있었다.

오늘도 그때와 마찬가지로 운동장에서 아이들의 소리가 들려왔다. 공을 차는 소리, 함께 어울려 노는 소리. 운동장에서 여러 명의 아이들이 함께 노는 소리였다. 그 소리를 들으며 교문을 들어선 나는 갑자기 발을 멈추었다.

운동장에서 들려오던 소리도 멈추었다. 정적이 스쳤다. 소리를 지르는 아이는 아무도 없었다. 아스팔트 위로 공을 차내는 아이도 없었다. 문을 쾅 닫는 소리도 들리지 않았다. 모무들 교문 쪽으로 고개를 돌렸다. 나를 향해.

어느새 정적은 사라졌다. 아이들은 내게로 몰려들었다.

고학년 아이들, 저학년 아이들, 그리고 내 또래의 아이들. 한 아이가 손에 들고 있던 신문을 가리켰다.

"네 아버지!"

아이가 소리쳤다.

"아니라고 해도 소용없어. 이건 확실히 네 아버지가 맞아!"

나는 아무 말도 하지 않았다.

몇몇 아이들이 소리를 질렀다. 나는 계속 침묵을 지켰다.

"연쇄 도난 사건."

누군가가 말했다.

최근에 있었던 여러 도난 사건들. 주차장, 스포츠용품, 정비기구, 지하실, 정비기구, 자전거, 스키, 주차장, 여름 별장, 정비소, 경찰…… 연쇄 도난 사건.

나는 여전히 아무 말도 하지 않았다. 그저 고개를 숙이고 내 신발만 바라볼 뿐이었다. 아빠는 돈을 주고 그것들을 샀다고 말했다. 나는 아빠에게서 그것들을 선물로 받았다. 나의 아버지.

누가 내 어깨를 밀쳤다. 나는 비틀거리며 앞으로 넘어지다가 턱을 무릎에 세게 부딪쳤고, 뒤로 벌렁 널브러졌다. 누가 내 옆구리를 발로 세게 걷어찼다. 동시에 주변에 몰려 있던 아이들은 어디론가 사라졌다. 누군가가 내 책가방을 잡고 나를 끌어올렸다. 선생님이었다. 나는 선생님의 얼굴을 바라보았다.

"교문 앞에 이렇게 누워 있으면 안 돼. 차가 들어올지도 모르잖아."

"네."

선생님의 손을 벗어난 나는 담벼락을 향해 걸어갔다. 아이들은 고개를 돌려 모른 척했다. 선생님은 건물 안으로 사라졌고, 나는 여전히 제자리에 꼼짝 않고 서 있었다. 선생님 몇 명이 학교 안으로 들어갔다. 나는 학교 밖으로 나가 담벼락에 몸을 기댔다. 입술이 퉁퉁 부어올랐고 옆구리엔 통증이 느껴졌다. 흙 묻은 내 옷은 지저분하기 짝이 없었다. 종이 쳤지만 나는 조금 더 기다렸다. 지각한 학생 몇 명이 서둘러 건물 안으로 뛰어 들어갔다. 나는 천천히 걷기 시작했다. 운동장을 가로질러 건물 안으로 들어간 후 옷에 묻은 흙을 털어냈다. 우리 반 아이들은 이미 교실 안으로 들어간 후였다. 나는 다시 옷에 묻은 흙과 먼지를 털어냈다. 마지막으로 교실에 들어간 크리스터는 뒤에 서 있던 나를 보더니 문을 쾅 닫아버렸다. 나는 입고 있던 스웨터로 얼굴과 목을 닦은 후 문을 열고 교실 안으로 들어갔다.

선생님은 고개를 들지 않았다. 내 책상 위에는 신문 한 장이 펼쳐져 있었다. 일면 전체가 같은 사건을 다루고 있었다. 사진 속, 아빠 회사의 정비소 앞에는 경찰차 한 대와 경찰 한 명이 서 있었다. 본 적이 있는 얼굴이었다. 바로 우리 집에 찾아왔던 경찰이었다. 나는 신문을 치우지 않고 그대로 두었다. 선생님은 교과서를 꺼내라고 말했다. 책가방을 주섬주섬 뒤지던 나는 책을 가져오지 않았다는 것을 깨달았다. 가방 안에는 어제 사용했던 책이 들어 있을 뿐이었다. 수업 준비를 제대로 하지 않았던 것이다. 나는 선생님께 책을 잊고 가져오지 않았다고 말하려고 손을 들었다. 선생님은 나를 보지 못했다. 누군가가 킥킥 웃기 시작했다.

"무슨 일이야?"

선생님은 여전히 고개를 들지 않은 채 말했다.

"쟤가 손을 들었어요."

크리스터가 나를 가리키며 말했다.

선생님은 나를 바라보며 눈썹을 치켜올렸지만 아무 말도 하지 않았다.

"책을 잊고 가져오지 않았어요."

나는 나직이 말했다. 입술에서 피가 흘러내렸다. 핏방울은 신문의 사진 속 경찰차 위로 뚝 떨어졌다.

"책을 같이 보렴. 누가 책을 함께 볼 사람?"

아무도 대답을 하지 않았다.

"책을 같이 볼 용기가 안 나요. 쟤가 분명히 책을 훔쳐 갈 테니까요."

반 아이들이 일제히 소리 내어 웃었다.

"쟤는 책 대신 신문을 읽으면 되잖아요."

누군가 말하자 아이들은 더 크게 소리 내어 웃었다. 선생님은 아이들에게 조용히 하라고 말한 후, 자신이 사용하던 책을 펼쳐 내 책상 위에 내려놓았다. 그리고 신문을 집어들어 꾸깃꾸깃 접은 후 칠판 옆에 있던 휴지통에 던져 넣었다.

수업을 마친 후, 나는 천천히 책을 가방에 넣었다. 내게 뭐라고 하는 아이는 아무도 없었다. 나는 다시 책을 꺼내 책상 위에 올려놓았다. 아이들은 교실을 나섰다. 나는 앞으로 가서 교탁 위에 책을 내려놓았다. 선생님은 아무 말도 하지 않았다.

나는 가장 마지막으로 교실문을 나섰다. 밖에는 비가 오고 있었다. 아이들은 비를 피해 체육관 처마 밑에 모여 있었다. 우산을 든 여선생님이 운동장을 가로질러 조심스레 걷고 있었다. 누군가가 내게 가까이 다가왔다. 나는 서둘러 교문 밖으로 뛰어나가 담벼락에 몸을 기댔다. 학생주임 선생님이 내 뒤를 따라와 교문 밖으로 머리를 쑥 내밀고 나를 쳐다보았지만 아무 말도 하지 않았다. 내게 교문 안으로 들어오라는 말도 하지 않고 그저 나를 바라보기만 했다. 비는 더욱 세차게 내리기 시작했다.

운동장 안으로 들어서니 담임선생님이 내게 다가왔다. 다음 시간은 담임선생님이 담당하는 과목도 아닌데 이상하다는 생각이 스쳤다. 선생님은 내게 오늘 가져오지 않은 교과서가 무엇인지 물었다. 나는 어제 책을 그대로 가져왔다고 말했다.

"따라와보렴."

교무실 앞 복도에는 책장이 있었다. 선생님은 다음 시간에 필요한 책 세 권을 내게 건네주었다.

"수업이 끝나면 책을 돌려줘."

영어 수업 시간이 시작되었다. 창밖에는 비가 더욱 세차게 내리기 시작했다. 우리는 소리 내어 책을 읽어야만 했다. 나는 그것만은 피하고 싶었지만 선생님은 나를 지목했다. 아이들이 일제히 나를 돌아보았다. 나는 단어의 뜻이 무엇인지도 모른 채 책을 더듬더듬 읽었다. 선생님은 몇 번이나 내 발음을 고쳐주었다. 아이들은 내가 잘못 읽을 때마다 소리 내어 웃었다. 갑자기 선생님이 화난 목소리로 아이들을 향해 소리쳤다.

"너희들, 오늘 도대체 왜 이러니?"

아무도 대답하지 않았다.

"학교에선 누구를 막론하고 원하는 대로 수업을 받을 권리가 있어. 가끔은 책을 틀리게 읽을 수도 있어. 누구든지 실수를 할 때가 있는 법이야."

산데르가 입을 열어 무슨 말인가를 하려 했지만, 선생님은 손으로 교탁을 내리치며 말문을 막았다.

"이제 그만해!"

선생님이 소리쳤다.

아이들은 반발하며 저마다 무슨 말인가를 하려 했다. 나에 대한 이야기, 우리 아빠에 대한 이야기, 친구의 물건을 훔치는 것에 대한 이야기.

선생님이 다시 교탁을 내리쳤다. 교실 안은 조용해졌다. 다시 수업이 시작되었고, 선생님은 몇몇 아이들을 지목해 큰 소리로 책을 읽게 하였다. 아무도 웃는 사람은 없었다. 선생님이 등을 돌릴 때마다 동그랗게 뭉쳐진 종이 공이 내 머리를 향해 날아왔다. 나는 종이에 무엇이 적혀 있는지 알아보기 위해 종이를 펼쳐보진 않았다.

점심시간이 되었다. 도시락을 다 먹은 아이는 밖으로 나가도 좋았다. 나는 도시락을 가져오지 않았기 때문에 바로 밖으로 나갔다. 아무도 내게 왜 점심을 먹지 않느냐고 묻지 않았다. 비는 여전히 세차게 내리고 있었다. 처마 밑에 앉아 있으려니 하나둘 아이들이 운동장으로 나오기 시작했다. 나는 다시 교문 밖으로 나갔다. 아무도 내가 어디로 가는지 관심을 보이지 않았다. 비옷을 가져올걸 하는 생각이 스쳤다. 비옷과 장화가 있다면 좋을 텐데.

젖은 옷에서 뚝뚝 떨어진 물이 발밑에 웅덩이를 이루었다. 의자 밑에는 흥건하게 물이 고였다. 종교 과목 시간이었다. 선생님은 정부가 법을 바꿀 때마다 단식을 했던 남자에 대해 이야기해주었다. 그는 갈등을 해결하기 위해 무력을 사용하는 것을 싫어했다고 말했다. 때문에 그는 단식을 하기로 마음먹었던 것이다. 나는 수업 시간 내내 고개를 푹 숙이고 책과 의자 밑에 고인 물만 바라보았다. 선생님이 도둑질에 대해 이야기를 할까봐 가슴을 졸였다. 종교 과목 시간에는 자주 도둑질에 대한 이야기를 하곤 했다. 도둑질을 하면 안 된다고 말이다. 나는 선생님이 도둑질에 대한 이야기를 하지 않았으면 좋겠다고 바랐다. 선생님이 눈을 돌릴 때마다 내 머리로 종이 공이 날아왔다. 어떤 것은 바닥에 떨어져 고인 물을 흡수했다. 얼마 후, 물이 고인 바닥에는 젖은 종이 공들이 점점 많아졌다. 문득, 바닥에 고인 물을 다 흡수하려면 얼마나 많은 종이 공이 필요한지 궁금해졌다. 마른 바닥에 젖은 종이 공만 남아 있기까지는 얼마나 오래 걸릴까.

수업이 끝났다. 나는 선생님에게서 빌린 책 세 권을 들고 교실을 나섰다. 교무실 문 옆에 있는 책장에 책을 꽂아놓았다. 교무실 안으로 들어가지 않아도 되어서 좋았다. 내가 교무실에 몰래 들어갔다 나왔다고 입방아를 찧는 아이들은 없을 것이다. 교무실에서 무언가가 없어졌다고 나를 몰아세우는 아이도 없을 것이다. 물론, 나는 아무것도 훔치지 않았다.

교실에서 아이들이 몰려나왔다. 모두들 교문을 향해 걷고 있었다. 어떤 아이는 교문 밖에서 기다리고 있는 부모님에게로 달려갔다. 혼자 걷는 아이도 있었고, 삼삼오오 떼를 지어 걷는 아이들도 있었다. 갑자기 내 등 뒤로 누군가가 다가왔다. 그가 내 책가방을 당겨 담벼락 쪽으로 나를 밀었다. 옆에 있던 또 다른 아이가 나를 움직이지 못하도록 꽉 붙잡았다.

"네 아버진 지금 어디 있니?"

나는 대답을 하지 않았다. 내게 질문을 던진 아이는 이전에도 많이 본 적이 있던 고학년 학생이었다. 하지만 나는 그의 이름도 모르고 그가 어디 사는지도 모르며, 몇 학년인지도 몰랐다. 아이들이 내 주변으로 몰려들기 시작했다. 언뜻 봐도 열 명은 넘는 것 같았다. 로게르와 크리스터도 보였다.

"네 아버지가 지금 어디 있냐고 물었어!"

그가 내 멱살을 움켜쥐었다. 나는 대답을 하지 않았다. 숨을 쉴 수가 없었다. 그가 멱살을 쥔 손을 풀고 내 팔을 움켜쥐었다.

"네 아버지가 어디 있는지 말해봐!"

"몰라."

"지금 감옥에 있지?"

"나도 몰라."

"네 아버지가 무슨 짓을 했는지 말해봐!"

"난 모른다고 했잖아."

그가 내 얼굴을 뒤로 힘껏 밀쳤다. 나는 머리를 담벼락에 세게 부딪쳤다.

"네 아버지가 누구의 물건을 훔쳤는지 안다고 말해봐.

네 아버지한테 가서 직접 그렇게 말해보라고! 네 아버지가 우리 집에서 물건을 훔쳐갔다고 말해보렴. 차고에 넣어두었던 내 자전거와 스키를 네 아버지가 훔쳐갔다고 말해보란 말야. 네 아버지한테 대가를 치르게 될 거라고 말해봐!"

"응……."

또 다른 아이가 다가와 내 어깨를 움켜쥐었다.

"그날 우리 아빠 지갑도 없어졌어. 그것도 네 아버지가 훔쳐갔니?"

나는 아무 말도 하지 않았다.

"아무 말도 하지 않는 건 긍정의 뜻이나 마찬가지야."

"난 몰라."

"우리 아버지 물건도 훔쳐갔어."

로게르가 소리쳤다.

"우리 집에도 도둑이 든 적이 있어."

또 다른 누군가가 소리쳤다.

"새로 산 보트 엔진을 도둑맞았어."

"우리 집 지하실에도 도둑이 든 적이 있어."

또 다른 아이가 말했다.

"우리 엄마 휴대폰도 누가 훔쳐갔어. 남유럽에 여행을 갔을 때야."

가장 몸집이 큰 아이가 다시 내 멱살을 움켜쥐었다.

"네 아버진 지금 감옥에 있니?"

"그건 나도 몰라."

나는 힘겹게 대답했다. 목이 아파 말을 할 수가 없을 지경이었다.

"네 아버지가 있을 곳은 감옥뿐이야. 우리 동네에서 네 아버지를 보고 싶어하는 사람은 아무도 없어. 모두들 네 아버지가 감옥에 가기를 바라고 있어. 우리 아빠도 그렇게 말했어. 네 아버지한테 가서 우리가 했던 말을 똑바로 전해."

"우리 아빠도 그렇게 말했어."

"우리 엄마도."

제일 뒤에 있던 아이가 덧붙였다.

나는 길 한가운데 홀로 서 있었다. 내 옷은 지저분하기 짝이 없었고 젖어 있기까지 했다. 나는 하루 종일 아무것도 먹지 않았다. 옆구리는 욱신욱신 아팠고, 입술은 부어올랐다. 입술에 딱지가 앉은 곳에선 쓴 피 맛이 났다. 저 멀리서 차 한 대가 다가왔다. 나는 얼른 인도 위로 올라갔다. 차 안에 앉아 있던 사람이 나를 손가락으로 가리켰다. 나는 그들이 누구인지 알 수 없었다. 하지만 그들은 내가 누구인지 확실히 알고 있었을 것이다. 우리 아빠가 누구인지도 알고 있을 것이다. 나의 아버지.

집에 가니 엄마는 모닝가운을 입은 채 부엌에 앉아 있었다. 나는 욕실에 바로 들어가려 했지만, 엄마는 현관까지 나와 내 책가방을 받아준 다음 젖은 재킷을 벗겨주었다.

"무슨 일이라도 있었어?"

"비가 내리고 있어요."

"네 얼굴은? 퉁퉁 부어 있잖아. 그리고 이 흙은 뭐야?"

"오다가 넘어졌어요."

"누가 네게 나쁜 짓이라도 했어?"

"아니에요."

"학교에서 누가 너를 때렸니?"

"아뇨."

"내가 오늘 학교에 가지 말랬잖아."

"네."

엄마는 내 얼굴을 씻겨주고 수건을 가져왔다.

"젖은 옷은 벗어서 욕실 바닥에 두고 얼른 샤워를 하도록 해."

샤워를 마치고 나오자 엄마는 빨랫거리를 가져갔다.

"점심은 먹었니?"

어머니가 물었다.

"아뇨, 엄마는요?"

"아니……."

엄마는 냉장고를 열어 달걀과 우유를 꺼내 팬케이크를 만들기 시작했다.

"집에 먹을 게 별로 없어. 하지만 장을 볼 힘이 없구나. 장은 내일 봐야겠어."

"제가 장을 봐올까요?"

"아냐, 그럴 필요 없어."

우리는 팬케이크를 함께 먹었다. 엄마는 차를 마셨고, 나는 과일주스를 마셨다.

"얘기를 해봤나요?"

"누구랑?"

"아빠…… 아버지……."

"네 아버지랑? 아냐, 네 아버지는 아무와도 이야기를 할 수가 없어. 그 누구도 네 아버지랑 이야기할 수가 없단다. 변호사만 이야기를 할 수 있어."

"변호사만요?"

"응. 그리고 경찰들. 그 외에는 아무도 이야기를 할 수가 없단다."

"우리랑 이야기를 하는 것도 금지되어 있나요?"

"응. 네 아버지를 방문하는 것도 금지되어 있어. 그건 네 아버지가 다른 사람과 말을 맞추지 못하도록 하기 위해서란다. 이번 사건과 관련해서 말야."

"하지만 우리는요? 경찰이 우리도 관련되어 있다고 생각하는 건 아닐까요? 그러니까…… 이번 사건…… 아버지가 잡혀가게 된…… 사건……."

"글쎄, 그건 나도 모르겠구나. 정말 모르겠어. 지금 내가 확실하게 알고 있는 건 내가 아무것도 모르고 있다는 것뿐이란다. 아무도 내게 이번 일에 대해 설명해주는 사람이 없어."

"변호사도요?"

"응. 변호사는 단지 짧은 메시지만 전해줄 뿐이야. 이번 일에 대해선 아직 아무 말도 듣지 못했어."

"엄마는 어떻게 생각하세요? 아버지가 정말…… 그런 일을 했다고 생각하세요? 사람들이 하는 말을 모두 믿나요?"

"사람들이 뭐라고 하든?"

엄마는 내 눈을 똑바로 바라보며 물었다.

"아버지가 동료와 친구들의 물건을 훔쳤다고 했어요. 도둑질을 여러 번 했고 훔친 물건도 적지 않다고 했어요."

엄마가 등을 돌렸다. 엄마가 오븐을 바라보고 있는지 벽을 바라보고 있는지는 알 수 없었다.

"난 아버지가 잡혀갔을 때만 하더라도 그런 말을 믿지 않았어. 하지만 지금은…… 수차례나 곰곰이 기억을 되짚어보니 생각이 달라졌어. 왜 전에는 미처 이런 생각을 못 했는지 이해할 수가 없구나. 네 아버지는 부족한 것이나 고장난 것이 있으면 어떻게든 해결하곤 했어. 우리에게 필요한 것이 있다고 하면 그걸 집으로 가져왔지. 새 물건을 가져올 때는 특별히 싸게 구할 수 있었다고 말했단다. 예전에 물건을 수리해줬거나 도움을 주었던 사람 덕분이라고 했어. 항상 그랬지. 다른 사람들이 고칠 수 없는 물건들 말야. 컴퓨터나 라디오 같은 것들. 그런데 갑자기 네 아버지가 그런 물건들을 고쳐서 가져왔다는 거야. 어젯밤엔 우리 여름 별장에 보관해둔 보트 엔진이 떠오르더구나. 주인이 시동을 걸 수 없다고 버리려는 것을 네 아버지가 가져와 고쳤다고 했어. 갑자기 새 엔진에 시동이 걸리지 않는다고 버리려는 사람은 없다는 생각이 들었어. 새 엔진을 고쳐보려 하지도 않고 버리려는 사람이 어디 있겠니. 가만히 생각해보니 지금까지 그런 일은 수도 없이 많았어. 왜 예전에는 미처 이런 생각을 못 했을까. 진작에 알았어야 했는데……."

"저도 진작에 알았어야 했을까요?"

엄마는 며칠 만에 처음으로 입가에 미소를 머금었다.

"아냐, 너는 몰라도 되는 일이야. 하지만 난 달라. 진작에 알았어야 했어. 네 아버지가 새 물건을 가지고 들어오기 전날엔 항상 야근을 한다며 집을 비웠다는 것도 지금에서야 기억이 나는구나. 회사 정비소에 급하게 수리해야 할 것이 생겼다고 했어. 그리고 다음 날 오전 집에 돌아올 때면 항상 무언가 새것을 가지고 왔어. 우리가 필요하다고 했던 물건들 말야."

엄마는 한참 침묵을 지켰다.

"돈도 마찬가지야."

갑자기 엄마가 말문을 열었다.

"네 아버지 주머니엔 돈이 떨어질 날이 없었어. 통장뿐만이 아니라 지갑에 있는 현금도 마찬가지였단다. 요즘 지갑에 현금을 넣어 다니는 사람이 어디 있니. 모두 카드로 물건을 사는데……."

"아버지가 돈도 훔쳤나요?"

"나도 몰라. 돈을 훔쳤든지…… 아니면 훔친 물건을 팔아서 돈을 마련했을지도 몰라."

"우리 집에 있는 돈도 모두 훔친 걸까요?"

"다행히도 그건 아냐. 네 아버지가 회사에서 받는 월급은 훔친 돈이 아니란다. 나도 회사 식당에서 일하고 받는 돈이 있어. 난 매일 나가서 일을 하는 게 아니기 때문에 월급이 많은 편은 아니지만 말야."

"네……."

다시 정적이 감돌았다.

"아버지가 왜 도둑질을 했을까요?"

어머니는 고개를 돌렸다.

"나도 모르겠어."

"우리가 가난해서 그런가요?"

"아냐, 우린 가난하지 않아. 네 아버진 월급도 많이 받는 편이란다. 게다가 내가 받는 월급도 있기 때문에 돈이 부족하진 않아. 게다가 우린 회사 사택에서 살기 때문에 다달이 나가는 집세도 많지 않아. 내가 유산으로 물려받은 여름 별장은 네 아버지가 시간이 날 때마다 수리도 하고 개축도 해서 지금은 가치가 꽤 높아졌어. 별장 주변도 멋지게 가꾸어놓았지. 우리에게 빚이 있다면 자동차 할부금밖에 없어. 그러니 우린 절대 가난하다고는 할 수 없단다. 네 아버지가 물건을 훔치는 건 적어도 우리가 가난하기 때문은 아냐. 언젠가는 그 이유를 알게되겠지. 난 지금 당장이라도 네 아버지에게 그 이유를 물어보고 싶어."

엄마는 거실에서 직장 상사에게 전화를 걸었다. 다음 날은 출근을 하는 날이었지만 부득이한 사정으로 갈 수 없다고 전했다. 상사는 괜찮다며 며칠 더 쉬다 출근하라고 말했다.

"집에서 좀 떠나 있어야 되겠어. 이모 집으로 가자."

"내일 학교에 안 가도 되나요?"

"응. 결석해도 괜찮아."

"학교에도 전화를 했나요?"

"아냐, 다녀와서 말해도 문제없어. 내일 아침 일찍 떠나도록 하자."

"차를 타고 갈 건가요?"

"아냐, 경찰이 차도 가져갔어. 우리 차도 수색을 해봐야 한다고 말했어."

"우리 차도 훔친 건가요?"

"아냐, 차는 훔치지 않았어. 차를 살 때 나도 같이 있었잖니. 너도 함께 있었어. 기억나니? 우린 차를 사러 갈 때 모두 함께 갔어. 그 할부금을 여태 갚고 있는 중이야."

우리는 함께 거실로 갔다. 엄마는 텔레비전을 틀어 뉴스에 채널을 고정시켰다. 뉴스에선 아빠에 대한 이야기를 들을 수 없었다. 엄마는 그리 큰 사건이 아니라서 그렇다고 말했다. 나는 그 말에 조금 안심이 되었다. 엄마는 와인을 마셨다.

"오늘 저녁에 짐을 싸놓아야 해. 내일 아침 일찍 버스를 타야 하니까."

엄마는 내 옷을 챙겨 가방에 넣었다. 이모 집에서 닷새는 머무를 수 있을 정도의 옷이었다. 엄마의 옷과 소지품은 다른 가방에 따로 넣었다. 우리는 가방을 현관문 앞에 놓아두었다.

"잊어버리지 않도록 미리 문 앞에 놓아두자."

"잊어버릴 일은 없을 거예요."

"하지만 이렇게 해두면 잊어버리려고 해도 잊어버릴 수 없을 거야."

아침에 일어나니 냉장고에 남아 있는 음식이 하나도 없었다. 하는 수 없이 우리는 아침을 굶어야만 했다. 엄마는 커피를 마셨고, 나는 과일주스를 마셨다. 가방을 챙겨 든 우리는 버스 정류장으로 갔다. 길 맞은편에는 주유소에 속한 편의점이 있었다. 우리는 버스를 기다리는 동안 그곳에 가서 소시지를 사 먹었다.

편의점 아주머니는 우리에게 여행을 할 참이냐고 물었다.

"네."

엄마가 대답했다.

"긴 여행을 하실 건가요?"

"그리 오래 걸리진 않을 거예요."

진열대로 몸을 돌리려던 아주머니는 갑자기 무언가 생각난 듯 다시 우리를 향해 몸을 홱 돌렸다.

"여기 다시 돌아오실 건가요?"

"네."

우리는 시내로 가는 녹색 버스를 탔다. 시내까지 가는데는 약 15분이 걸렸다. 버스에서 내린 우리는 버스 터미널 옆에 있는 카페로 들어갔다. 엄마는 차를 마셨고, 나는 빵과 주스를 먹었다. 엄마는 편의점에 들러 주간지를 한 권 샀다. 잠시 후, 우리는 빨간색 버스를 탔다. 버스는 계곡 옆 언덕 위로 달렸다. '경찰서'라고 적힌 커다란 벽돌 건물을 보는 순간, 아빠가 그곳에 있는지 궁금해졌다. 텔레비전에서 흔히 보던 감옥 건물과는 달리 철조망으로 덮인 창은 볼 수 없었다. 어쩌면 감옥은 그 건물 안에 없을지도 몰랐다. 아니, 어쩌면 감옥은 건물 뒤편에 있을지도 모른다.

버스는 점점 더 높은 곳을 향해 달렸다. 꼭대기 쪽에는 듬성듬성 눈이 쌓인 곳도 있었다. 터널을 몇 개 지났다. 깜박 잠이 들었다. 버스에서 내리기 직전 엄마가 나를 깨웠다. 정류장에 우리를 마중 나온 이모를 발견했다. 이모는 우리가 가방을 넣을 수 있도록 이미 차의 트렁크 문을 열어놓았다. 이모와 엄마는 평소와는 달리 꽤 긴 포옹을 하며 인사를 나누었다. 잠시 후, 이모는 내게도 포옹을 건넸다.

"잘 지냈니?"

"네."

이모는 우리를 위해 빵을 구워놓았다. 집에 들어서니 갓 구운 빵 냄새를 맡을 수 있었다. 이모가 키우는 강아지 트릭시는 우리를 보고선 반가워 어쩔 줄 모르며 쉴 새 없이 꼬리를 흔들었다. 트릭시는 특히 화장실에 금방 다녀온 사람들을 보면 더 반가워하는 것 같았다.

우리는 갓 구운 빵 위에 여러 가지 음식을 얹어 먹었다. 이모는 요리하는 것을 좋아했다. 예전에는 가게에서 점원으로 일을 한 적이 있었지만 건강이 좋지 않아 일을 그만두었다. 엄마와 이모는 우리 동네 '스카레' 지역의 한 아파트에서 함께 자랐다. 나는 지금 그 집에 누가 살고 있는지 잘 알고 있다. 이모는 '핀'이라는 남자를 만나 결혼한 후 이곳으로 이사를 왔다. 두 사람은 이혼을 했지만, 이모는 계속 이 집에서 홀로 살았다. 나는 핀이 지금 어디에 살고 있는지 모른다. 예전에는 그를 이모부라고 불렀지만, 지금은 두 사람이 이혼을 했기 때문에 '핀'이라고 부른다. 물론, 그를 자주 만날 일은 없다.

음식을 먹은 후, 엄마와 이모는 거실에서 대화를 나누었다. 이모는 내게 밖에 나가 놀라며 등을 떠밀었다.

"트릭시와 함께 밖에 나가서 잠시 놀다 오렴. 트릭시는 좀 움직여야 해."

나와 함께 밖으로 나온 트릭시는 매우 좋아했다. 우리는 전에도 함께 밖에서 자주 놀았다. 서로에게 익숙해져 있었기에 장난을 치는 것도 전혀 어색하지 않았다. 엄마는 내게 돈을 쥐여주며 군것질을 해도 좋다고 말했다.

우리는 길을 건넜다. 트릭시는 눈에 띄는 것이라면 모두 코를 대고 냄새를 맡았다. 심지어 누가 버린 사과 껍질을 먹기도 했다.

"안 돼, 트릭시!"

나는 트릭시가 눈에 띄는 것은 무엇이든 먹으면 안 된다는 것을 알기에 주의를 주었다. 아무것이나 먹다 보면 병에 걸릴 수도 있다. 이모는 트릭시의 건강 때문에 식단에 큰 신경을 썼다. 트릭시는 접시가 텅 비기 전까지는 먹는 것을 멈춘 적이 없다. 때문에 우리는 남긴 음식을 아무 곳에나 놓아둘 수 없었다. 아빠는 언젠가 트릭시가 멍청한 감자 같다고 말한 적이 있다. 이모는 그 말을 좋아하지 않았다. 이모는 트릭시를 자식처럼 사랑했기 때문이다. 이모에겐 자식이 없다.

나는 가게에 들어갔다. 트릭시의 목줄은 가게 앞에 매어 두었다. 가게 안에는 개를 데리고 들어갈 수 없었다. 나는 그곳에서 물건을 산 적이 몇 번 있었기 때문에 과자와 아이스크림이 어디에 진열되어 있는지 잘 알고 있었다.

가게 앞 벤치에 앉았다. 트릭시는 눈을 동그랗게 뜨고 아이스크림을 먹는 나를 뚫어지게 쳐다보았다. 거의 다 먹어갈 무렵 아이스크림이 녹아 신발 위로 조금 흘러내렸다. 트릭시는 기다렸다는 듯 신발에 묻은 아이스크림을 핥아먹었다. 나는 아무 말도 하지 않았다. 너무나 적은 양이었기에 괜찮다고 생각했던 것이다.

지나가던 여인이 트릭시를 쓰다듬어주었다. 강아지의 이름을 알고 있는 것으로 미루어보아 이모와 잘 아는 사이인 것 같았다. 트릭시는 온몸을 흔들며 좋아했다. 자기를 쓰다듬어주는 사람이라면 다 좋아하는 게 틀림없었다. 여인은 내게 왜 트릭시를 데리고 있는지 물어보지 않았다. 나는 그녀가 이모의 친구가 아니라면 세상일에 아무 관심이 없는 사람이라고 생각했다. 아니, 이 세상일은 어쨌거나 잘 돌아간다고 생각하는 사람일지도 몰랐다. 하긴 대부분의 경우 세상일은 문제없이 잘 돌아가기 마련이다.

아이들 몇 명이 길을 건너왔다. 여러 명의 남자아이와 여자아이 한 명이었다. 모두 내 나이 또래 같았다. 그들은 내가 앉아 있는 벤치를 지나 가게 안으로 들어갔다. 나는 그들도 군것질거리를 살 것이라고 짐작했다. 문득, 그들이 나는 안중에도 없다는 듯 무심하게 지나쳤다는 사실을 떠올렸다. 그들은 내게 아무 말도 하지 않았다. 아이들뿐만이 아니라 트릭시를 쓰다듬어주었던 여인도 마찬가지였다. 그들은 내가 누군지 모르고 있었다. 나에 대해 아는 것도 없을 것이다. 아버지에 대해서도. 나는 그들에게 단지 낯선 사람에 불과했다. 평범한 낯선 소년. 언젠가 학교에서 장래희망에 대해 이야기를 나눈 적이 있었다. 나는 유명한 사람이 되고 싶다고 말했다. 유명한 축구 선수 말이다. 선생님은 유명해서 좋은 게 뭐가 있냐고 물었다. 나는 사람들이 나를 알아보면 기분이 좋기 때문이라고 대답했다. 게다가 사람들에게 나를 따로 소개하지 않아도 된다. 왜냐하면 그들은 이미 내가 누군지 알기 때문이다. 선생님은 유명한 것이 항상 좋은 것만은 아닐 거라 확신한다고 말했다.

"가끔은 사람들이 내가 누군지 모르는 게 더 좋을 때도 있단다."

집으로 돌아오니 엄마와 이모는 매우 밝은 표정으로 나를 맞이했다. 트릭시는 이모를 보고 반갑다는 듯 꼬리를 흔들었다. 엄마는 빈 와인 병 두 개를 탁자 밑으로 내려놓았다. 이모는 피자를 주문할 것이라고 말했다. 텔레비전에서는 누가 노래를 제일 잘하는지 경쟁하는 프로그램이 방영되고 있었다. 이번 주 일등을 한 사람은 다음 주에도 경쟁에 참가할 수 있다. 우리는 누가 가장 노래를 잘했고 또 못했는지 각자 의견을 나누었다. 엄마와 이모는 꽤 지루한 노래를 했던 남자 가수가 좋다고 말했고, 나는 춤을 추며 노래를 했던 걸그룹이 좋다고 말했다. 결과를 보니 내가 좋아했던 걸그룹은 다음 라운드에 진출했고, 엄마와 이모가 좋아했던 남자 가수는 탈락했다. 프로그램 진행자는 시청자들에게 문자를 보내 투표를 하라고 몇 번이나 말했지만, 우리는 투표를 하지 않았다. 문자 투표를 하는 데는 돈이 꽤 많이 든다. 이모는 우리가 문자 투표를 하든 안 하든 결과가 크게 달라지진 않을 것이라고 말했다. 잠시 후, 나는 이모의 침실로 들어갔다. 나는 이모의 침대에서 자고, 엄마와 이모는 거실 소파에서 자기로 했다. 나는 이모와 엄마가 거실에서 큰 소리로 웃고 대화하는 소리를 들으며 잠이 들었다.

토요일이 되었다. 우리는 버스를 타고 가까운 옆 도시로 여행을 갔다. 엄마와 이모는 무언가 새로운 것을 경험하고 싶어했다. 우리는 커다란 쇼핑센터로 갔다. 두 사람은 가게마다 들러 옷을 입어보고 신발을 신어보았다. 나는 스포츠용품 가게의 쇼윈도를 바라보았다. 반짝반짝 빛나는 새 자전거가 셀 수 없을 정도로 많이 진열되어 있었다. 그중 하나는 내 자전거와 비슷했다. 엄마는 내게 새 자전거를 사주겠다고 약속했다. 이번 일이 어느 정도 잠잠해지면 말이다. 우리는 카페로 가서 음식을 먹었다. 엄마와 이모는 새 옷을 사 입었다. 엄마는 주류 전매점에 가서 와인도 구입했다. 우리는 이모 집에서 신세를 지고 있기 때문에 이모에게 선물을 줘야 한다고 말했다. 이모는 저녁으로 뭘 먹고 싶은지 내게 물었다. 나는 잘 모르겠다고 대답했고, 엄마는 우린 아무 음식이나 다 잘 먹는다고 말했다. 이모는 닭고기를 사서 인도식 음식을 만들겠다고 했다. 굉장히 맛있다며 꼭 먹어봐야 한다고 덧붙이기도 했다. 우리는 군것질거리도 샀다.

집으로 가는 버스를 놓쳤기 때문에 우리는 다음 버스가 올 때까지 한 시간을 더 기다려야만 했다. 이모는 트릭시가 오랫동안 혼자 집에 있는 것을 좋아하지 않았다. 우리는 벤치에 앉아 흐르는 강물을 바라보았다. 오리 떼와 백조 두 마리가 헤엄을 치고 있었다. 나이가 꽤 들어 보이는 남자가 자전거를 타고 와서 비닐봉지에 든 빵조각을 강가의 새들에게 뿌려주었다. 오리들은 빵조각을 먼저 받아먹으려 서로 다투었고, 백조들은 조용하고 우아하게 움직여 남자가 서 있는 강가로 다가왔다. 남자는 꽤 많은 빵조각을 백조들에게 던져주었다.

엄마의 전화벨이 울렸다. 엄마는 번호를 확인한 후 전화를 받았다. 전화를 건 사람에게 잠시 기다리라고 말한 뒤 엄마는 우리에게서 멀찍이 떨어진 곳으로 가서 통화를 계속했다. 빵조각을 나누어준 남자는 자전거 핸들에 비닐봉지를 매달고 어디론가 사라졌다. 통화를 마친 엄마가 이모에게 다가가 귓속말을 했다. 귓속말이 끝나자 두 사람 모두 동시에 나를 쳐다보았다.

"무슨 일이에요?"

"아무 일도 아냐."

엄마가 대답했다.

"누가 전화를 했나요?"

"아무도 아냐. 네가 모르는 사람이야."

이모가 엄마에게 귓속말을 했다. 엄마는 휴대폰을 오랫동안 멍하니 바라본 후, 휴대폰을 핸드백에 집어넣었다. 이모는 다 잘될 거라고 엄마를 위로했다.

"뭐가요?"

"아무것도 아냐."

엄마가 대답했다.

"다 잘될 거야. 걱정할 필요 없어."

이모가 말했다.

"넌 신경 쓰지 않아도 돼."

엄마가 말했다.

"다 잘될 거야. 결국엔 다 잘될 거라고. 그럼, 그렇고말고……."

이모가 말했다.

"아빠와 관련된 이야긴가요? 전화를 건 사람이 뭐라고 했나요?"

"아냐, 넌 신경 쓸 필요 없어."

"해결 방법이 있을 거야."

이모가 말했다.

우리는 집으로 가는 버스를 탔다. 엄마와 이모는 나란히 앉아 나직한 목소리로 쉴 새 없이 대화를 나누었다. 나는 창밖을 스쳐 지나가는 집들을 바라보았다. 모두 사람이 살고 있는 집이었다. 창에는 커튼이 내려져 있었고, 대문 밖에는 자동차가 세워져 있었으며, 정원에 파라솔을 설치한 집도 있었다. 정원에 트램펄린이 있는 집도 꽤 많았다. 대문 앞에 자전거가 세워져 있는 집도 많았다. 마당에 장난감이 흩어져 있는 집도 있었다. 우리가 지나쳐온 집에는 모두 사람들이 살고 있었다. 그들은 자신들의 집 안에서 아침 식사를 하고 양치를 했을 것이다. 텔레비전을 보고 거실에서 장난감을 가지고 놀았을 것이다. 문득, 나는 저 집에 사는 사람들에 대해 아무것도 모른다는 생각이 스쳤다. 그럼에도 어쩐 일인지 그들을 잘 알고 있는 것 같았다. 적어도 나는 그들이 무엇을 하고 있는지는 알고 있다. 그건 모든 사람들이 다 하는 매우 평범한 일이기도 하니까. 내 또래의 아이들은 학교에 가고, 숙제를 하고, 방과 후 활동을 한다. 어른들은 직장에 나가 돈을 번다. 나이가 많은 어른들은 분명 직장에서 은퇴를 했을 것이다. 하지만 그들도 평범한 일상을 보낼 것이 분명하다. 비록 평범한 일을 하지 않는다 하더라도 크게 문제될 일은 없을 것이다. 매우 특별한 일에 부딪혔다 하더라도 해결책은 찾을 수 있을 것이다. 예를 들어, 물건을 부수었거나, 음식이 너무 짜서 먹을 수 없다거나, 깜박 잊고 숙제를 하지 않았다 하더라도 크게 문제되지 않을 것이다. 해결할 방법은 찾을 수 있을 테니까. 항상.

이모의 아파트로 되돌아오니 트릭시는 기뻐 어쩔 줄 몰랐다. 잠긴 대문을 여는 도중에도 트릭시가 집 안에서 깡충깡충 뛰는 소리를 들을 수 있었다. 이모는 내게 개 목줄을 주면서 트릭시와 함께 산책을 다녀오라고 말했다. 트릭시가 화장실을 가야 할 시간이 되었다며 검은색 비닐봉지도 내게 건네주었다. 만약 트릭시가 길에서 똥을 누면 나는 그것을 봉지에 담아야 한다.

길을 걷고 있으려니, 작은 여자아이 한 명이 나를 쳐다보았다.

"오빠네 개야?"

"아냐, 우리 이모 개란다."

"만져봐도 돼?"

"응."

트릭시는 아이가 쓰다듬어주니 매우 좋아했다.

"개들은 다 착해. 작은 개들은 물지 않아서 좋아."

여자아이가 말했다.

"응, 개들은 대부분 다 착해."

"그런데 큰 개들은 착하지 않아. 가끔 물기도 하거든. 큰 개들은 위험해."

"응."

트릭시는 내 발의 좌우를 왔다 갔다 하며 걸었다. 눈에 띄는 모든 것은 냄새를 맡아야만 직성이 풀리는 듯했다. 덤불이나 풀만 보면 코를 킁킁거렸고, 가끔은 오줌을 누기도 했다. 우리는 나직한 언덕 위로 올라갔다. 꼭대기에는 커다란 바위가 하나 있었다. 나는 바위 위로 껑충 뛰어 올라갔지만, 트릭시는 몸집이 작아 뛰어오를 수가 없었다. 나는 바위 밑으로 내려가 트릭시를 안고 다시 바위 위로 올라갔다. 트릭시는 바위 위에서 한 바퀴 빙 돌더니 내 곁에 앉아 몸을 기댔다.

문득, 우리 동네 언덕의 바위 위에 앉아 있던 날이 떠올랐다. 그날, 나는 바위에 앉아 우리 동네를 내려다보았다. 지금은 바위 위에 앉아 이모가 살고 있는 동네를 내려다보고 있다. 이곳에는 피오르도 없고 가파른 산등성이도 볼 수 없다. 그저 평평한 숲과 벌판뿐이다. 겨울이 되면 이곳엔 항상 눈이 많이 쌓인다. 이모는 그때마다 날씨가 미쳤다고 말했다. 이곳의 집들은 우리 동네의 집들과는 많이 달랐다. 이곳의 집은 통나무 집이 대부분이다. 저 멀리 체육관 옆에는 초등학교가 자리잡고 있다. 중학교에 가는 아이들은 옆 동네까지 버스를 타고 가야 한다. 이 동네에는 가게도 있고, 유치원 옆에는 커다란 창고 건물도 있다. 창고 앞에는 판자들이 차곡차곡 쌓여 있었다. 집을 짓기 위한 목재가 틀림없었다. 나머지 건물들은 모두 일반 주택이었다. 평범한 사람들이 사는 집. 그중에서 내가 아는 집은 이모 집뿐이다. 이모가 예전에 살던 집도 볼 수 있었다. 조금 전 길에서 만났던 작은 여자아이는 어떤 집에 살고 있을까. 트릭시를 잘 알던 여자아이 말이다. 이모는 이곳에서 아주 오랫동안 살았다. 때문에 동네 사람들을 대부분 알고 있을 것이다. 이모가 동네 사람들과 얼굴을 익히기까지는 얼마나 오랜 시간이 걸렸을까? 이웃 사람들을 모두 다 알기까지는 얼마나 오래 걸릴까? 물론, 모든 사람들이 이웃과 다 알고 지내려 하진 않을 것이다. 어떤 사람들은 그 누구와도 알고 지낼 마음이 없을지도 모른다.

누군가가 언덕 위로 올라오고 있었다. 남자아이 두 명이 바위 아래에서 발을 멈추었다. 그들은 바위 위에 앉아 있는 나를 못 본 것 같았다. 나보다 나이가 더 많아 보였다. 트릭시가 꼬리를 흔들기 시작했다. 나는 트릭시가 그들이 반가워 꼬리를 흔드는지, 아니면 지나가는 사람들 모두에게 습관적으로 꼬리를 흔드는지 알 수 없었다. 다행히도 트릭시는 아무 소리도 내지 않았다.

소년들이 바위 위의 나를 발견했다. 그중 한 명이 무슨 말인가를 하자, 둘은 함께 바위 위로 올라왔다. 나는 몸을 일으켰다.

"여기서 뭘 하고 있니?"

소년 한 명이 내게 물었다.

"아무것도……."

"왜 여기 앉아 있어?"

"강아지와 함께 산책을 나왔다가 여기서 잠시 쉬고 있었어."

나는 트릭시의 목줄을 잡아끌었다.

"누구 강아지야?"

"우리 이모 강아지야."

"네 이모?"

"응."

소년들은 일제히 나를 쳐다보았다.

"넌 어디 사니?"

그중 한 명이 내게 다시 물었다.

나는 우리 동네 이름을 말했다.

"어디 있는 동네니?"

"서쪽 지방에 있는……."

"네 이름은 뭐니?"

나는 내 이름을 말했다.

"우린 이 동네에서 살아."

소년 중 한 명이 말했다.

나는 그들의 이름을 물어보지 않았다.

"개가 사람을 무니?"

다른 소년이 물었다.

"응, 가끔…… 내가 목줄을 꼭 잡고 있지 않으면 그런 일이 생길 때도 있어."

그들은 트릭시를 쓰다듬어볼 생각도 하지 않았다.

"예쁜 강아지네."

그들은 그 한마디를 남기고 바위 밑으로 내려갔다. 나는 그들이 보이지 않을 때까지 기다린 후 내려갔다. 트릭시는 내 도움 없이도 바위 밑으로 내려갈 수 있었다.

이모 집에 도착해 초인종을 누르자 엄마가 문을 열어주었다. 트릭시는 집에 돌아와 기뻐하는 것 같았다.

"엄마, 나도 강아지를 키우면 안 되나요?"

"안 돼."

"아주 큰 개가 있으면 좋겠어요. 사람들이 모두 무서워하는 개 말이에요."

"지금은 안 돼. 우린 개를 키우면 안 돼."

"하지만 엄마도 개를 좋아하잖아요."

"사람들이 무서워하는 개는 더더욱 안 돼."

나는 엄마와 함께 부엌으로 갔다. 식탁 위에는 와인 잔 두 개가 올려져 있었다. 이모는 거실에 있었다.

"오늘 어떤 사람이 전화를 했어."

엄마가 말문을 열었다.

"우리가 버스를 기다리고 있을 때 말인가요? 강가에서 어떤 남자가 새들에게 빵조각을 먹이로 줄 때 말이죠?"

"응, 맞아. 은행에서 온 전화였어. 자동차 할부금이 납입되지 않았다고 하더구나."

"그건 아빠가 하는 일이잖아요?"

엄마는 창밖을 내다보았다.

"응…… 아니, 사실을 말하자면…… 그건 자동이체라고 해서, 통장에서 자동으로 돈이 빠져나가게 되어 있단다."

"그런데요?"

"우린 자동이체를 하기 때문에 매달 할부금에 대해서 따로 생각할 필요가 없단다."

"꽤 좋은 방법이네요."

"응, 그런데 은행 사람이 말하길 우리 통장에 돈이 하나도 없다고 하더구나. 그래서 이번 달엔 할부금이 이체되지 않았다는 거야."

"왜요?"

엄마는 한숨을 내쉬었다.

"난 은행 사람에게 저축을 위해 따로 만들어둔 통장도 있다고 했어. 거기엔 꽤 많은 돈이 있단다. 우린 따로 크게 나가는 돈이 없기 때문에 매달 꽤 많은 돈을 저축해 왔어. 언젠가는 우리도 사택이 아닌 우리 집을 마련하기 위해서란다."

"네."

우리 집.

"그런데 은행 남자는 그 통장에도 돈이 없다는 거야. 사실 저축용 통장은 처음부터 아예 없었다고 하더구나.

그나마 하나 있는 우리 통장에는 항상 돈이 조금밖에 없었대."

"그게 정말이에요?"

엄마는 여전히 창밖을 내다보며 말을 이었다.

"난 전혀 모르고 있었다고 말했지. 그러자 은행 남자가 말하길 우리에게 많이 있는 건 빚밖에 없다고 했어. 난 그에게 자동차 할부금을 제외하면 빚이 하나도 없다고 말했어. 사택에서 살기 때문에 주택 대출금을 갚을 필요도 없고, 따로 돈을 빌릴 필요도 없기 때문이라고 했지. 그런데도 우리에게 엄청난 빚이 있다고 하길래 도대체 그게 뭐냐고 물어보았단다. 은행 남자 말로는 여름 별장을 담보로 한 빚이 굉장히 많다고 했어."

"여름 별장이요? 그건 이미 갚지 않았어요?"

"아냐. 그건 처음부터 갚을 필요도 없는 거였어. 내가 우리 부모님으로부터 물려받은 것이기 때문이지. 우리 여름 별장은 네 외할아버지가 직접 지었어. 때문에 우리가 여름 별장을 마련하기 위해 은행에서 빌린 돈은 한 푼도 없단다. 하지만 이젠 그 여름 별장도 우리 것이 아냐. 은행이 압류해서 가져가버렸단다."

"그렇다면 엄마가 은행에 가서 이야기하면 되잖아요. 우린 빚이 하나도 없다고요. 여름 별장도 외할아버지가 직접 지은 것이라고 말하면 안 되나요?”

엄마는 한 손을 들어올려 눈을 꾹꾹 눌렀다. 아주 오랫동안.

“이야기를 해봐야겠어. 누군가와 이야기를 해봐야 해.”

“누구랑요?”

“나도 몰라. 하지만 이런 일에 대해 잘 알고 있는 사람을 찾아가 조언을 구해야겠어.”

“누가 이런 일에 대해 잘 알고 있나요?”

“글쎄…… 일단 먼저 은행에 있는 사람들과 이야기를 해보는 게 좋겠구나.”

“아빠가…… 아버지가…… 은행에서 돈도 훔쳤나요?”

엄마는 한참 후에 겨우 말문을 열었다.

“아냐. 네 아버지는 돈을 은행에서 훔친 게 아니라, 우리에게서 훔쳐갔단다.”

나는 거실에 있는 이모에게 갔다. 트릭시는 이모의 무릎 위에 앉아 있었다. 나는 이모에게 엄마가 많이 슬퍼한다고 말했다. 이모는 부엌에 있는 엄마에게 갔다. 두 사람은 오랫동안 부엌에 함께 머물렀다. 나는 그들이 무슨 말을 하는지 잘 들을 수가 없었다. 두 사람은 꽤 오랫동안 나직한 목소리로 이야기를 했다. 나는 부엌으로 가서 저녁을 먹기까지 오래 걸리느냐고 물어보았다. 이모는 내게 배가 고프면 먼저 빵을 몇 조각 먹으라고 말했다.

"인도식 음식을 만든다고 하셨잖아요? 가게에서 음식 재료를 구입하며 그렇게 말씀하셨는데……."

엄마는 입맛이 없다고 말했다. 이모도 마찬가지였다. 두 사람은 함께 와인을 마셨다. 엄마는 내게 조용히 있으라고 말했다. 아무 소리도 듣고 싶지 않다고 덧붙였다. 이모는 내게 돈을 줄 테니 밖에 나가서 햄버거나 감자튀김 등 내가 먹고 싶은 것을 사 먹으라고 말했다. 엄마는 이모에게 나중에 돈을 갚겠다고 말했다. 이모는 조카에게 이 정도는 해줄 수 있다며 신경 쓰지 말라고 말했다. 나는 밖에 트릭시를 데리고 나가지 않아도 좋았다. 나는 얼른 외투를 입고 대문을 나섰다. 언덕 위에서 보았던 소년 두 명이 햄버거 가게 안에 서 있었다. 그들은 나를 보고도 아는 척을 하지 않았다. 어쩌면 트릭시가 곁에 없었기에 나를 알아보지 못했을 수도 있었다. 나는 샐러드를 뺀 햄버거와 감자튀김을 주문했다. 음식을 받아 든 나는 이모 집으로 발길을 옮겼다. 엄마와 이모는 여전히 부엌에 앉아 있었다. 나는 거실에 앉아 텔레비전을 켰다. 트릭시는 내가 음식을 먹는 동안 내 입만 뚫어지게 바라보았다. 가게에서 케첩을 가져오는 것을 깜박 잊었다는 것을 깨달았다. 이모 집 부엌에도 케첩이 있지만, 나는 부엌으로 갈 마음이 없었다. 엄마와 이모의 대화를 방해하고 싶지 않았던 것이다. 그들은 분명 내가 매우 시끄럽고 귀찮은 아이라고 생각할 것이다.

이모가 나를 흔들어 깨웠다. 소파에서 깜박 잠이 들었던 모양이다. 엄마는 거실 의자에 앉아 있었지만 나를 보고 있진 않았다. 이모는 내게 방에 들어가서 자라고 말했다. 나는 침실로 들어가며 저녁 인사를 건넸지만 엄마는 아무 말도 하지 않았다. 하지만 이모는 내게 잘 자라는 말을 해주었다. 나는 이모의 침대에 누웠다. 트릭시가 들어와 내게 코를 바짝 대고 냄새를 킁킁 맡았다. 트릭시는 이모와 함께 침대에서 자는 일에 익숙한 것 같았다. 나는 강아지와 한 침대에서 자고 싶진 않았다. 트릭시는 침실 밖으로 나갔다. 나는 얼른 문을 닫고 다시 침대에 누웠다. 잠이 들기까지는 꽤 오래 걸렸다.

이모와 엄마는 다음 날 늦게까지 일어나지 않았다. 느지막이 일어난 엄마는 집으로 돌아가자고 했다. 엄마는 다시 출근해야 하고, 나는 학교를 가야 했기 때문이다. 만나서 이야기할 사람도 있다고 했다. 은행인지 어디인지도 가야 한다고 했다. 우리는 구운 닭고기를 먹고 거실에서 잠시 시간을 보냈다. 엄마는 버스를 타기까지 시간이 아직 많이 있으니 잠시 나가 바람을 쐬고 오라고 내게 여러 번 말했다. 밖에는 비가 내리고 있었다. 나는 나가고 싶지 않았다. 나가서 특별히 할 일도 없었다. 이모는 며칠 후 우리 집에 오겠다고 했다. 트릭시를 데려올 거냐고 물었더니 이모는 혼자 오겠다고 말했다.

"강아지를 데리고 버스를 타는 건 쉽지 않아. 게다가 트릭시는 차만 타면 멀미를 하거든."

"그럼, 누가 트릭시를 돌보나요?"

"길 아래쪽에 사는 사람이 트릭시를 좋아해서 내가 오래 집을 비울 때마다 돌봐주곤 한단다."

나는 이모가 말하는 사람이 가게 앞에서 만났던 여자가 아닐까 궁금했지만, 물어보진 않았다. 이모가 귀찮아할까봐 두려웠기 때문이다.

엄마는 버스를 타자마자 잠에 빠졌다. 그래서 나는 졸지 않으려고 정신을 바짝 차렸다. 다행히도 엄마는 내릴 때가 되자 잠에서 깼다. 돌아오는 길에는 쉬지 않고 비가 내렸다.

우리는 버스를 갈아타기 직전 슈퍼마켓에 들러 장을 봤다. 엄마는 굳이 집에 도착한 후 장을 보지 않아도 된다고 말했다. 오히려 미리 장을 봐놓으면 나중에 따로 신경 쓰지 않아도 되어서 좋다고 했다. 우리는 저녁 늦게 집에 도착했다. 정류장에는 중학생으로 보이는 아이들 몇 명이 선 채 버스에서 내리는 사람들을 쳐다보고 있었다. 엄마는 그들이 우리에게 말을 걸어도 대답할 필요가 없다고 했다. 하지만 그들은 우리에게 말을 걸어오지 않았다. 우리는 집을 향해 걷기 시작했다. 길에는 사람이라곤 한 명도 보이지 않았다. 단지 지나가는 자동차 몇 대만 볼 수 있었다. 나는 그 차 안에 누가 있는지 알 길이 없었다.

갑자기 이웃집 남자가 모습을 드러냈다. 엄마가 불쾌하다고 말했던 바로 그 남자였다. 그는 인도에 서서 우리 앞길을 가로막았다.

"여행을 다녀오셨습니까?"

엄마는 대답을 하지 않았다. 나도 마찬가지였다. 우리는 말없이 그를 지나쳤다.

"언제 이사를 가실 건가요?"

그가 우리 등 뒤에 대고 소리쳤다.

엄마는 고개를 돌려 그를 바라본 후, 다시 앞만 보고 걸었다. 우리는 대문 앞 계단을 올랐다.

"엄마, 제가 우편물을 가져올까요?"

우리 집 우체통에는 우편물이 가득 쌓여 있었다.

"괜찮아. 나중에 내가 확인할게."

우리는 부엌에 앉아 함께 밤참을 먹었다. 엄마는 내게 내일 축구 훈련이 있으니 체육복 챙기는 것을 잊지 말라고 말했다.

"난 내일 오후에 출근하기 때문에, 네가 축구 훈련을 하러 갈 때쯤이면 난 집에 없을 거야."

나는 음식을 먹으며 고개를 끄덕였다.

초인종 소리가 들렸다.

"열어주지 않아도 돼. 우리가 아는 사람들 중엔 사전에 연락도 없이 이토록 늦은 시간에 올 사람이라곤 아무도 없어."

"이웃집 아저씨일지도 몰라요. 엄마가 불쾌하고 무례하다고 말했던 사람 말이에요. 전에도 초인종을 누른 적이 있어요."

"그렇다면 더더욱 열어줄 필요 없어."

다시 초인종 소리가 들렸다. 두 번이나 연달아 초인종 소리가 들리더니 곧 대문을 두드리는 소리가 뒤를 이었다.

"정말 귀찮게 하는구나. 네가 한번 나가서 확인해볼래? 만약 이웃집 남자라면 바로 문을 닫아버려. 그리고 누가 나를 찾거든 집에 없다고 하렴."

나는 현관으로 가서 대문을 열었다. 겨우 밖을 내다볼 수 있을 정도로 문을 조금 열어보았더니, 엄마의 직장 상사가 서 있었다.

"네 어머니랑 잠시 할 이야기가 있어서 왔단다. 지금 집에 계시니?"

어쩌면 그는 엄마가 집에 있는지 알고 왔을지도 몰랐

다. 우리 집에서 꽤 가까운 곳에 살고 있으니 말이다. 우리가 집에 돌아오는 것을 창 너머로 보았을지도 모르는 일이다.

나는 등을 돌려 엄마를 불렀다. 잠시 후, 엄마가 부엌에서 나왔다.

"한센 씨가 할 이야기가 있대요."

현관에 온 엄마는 대문을 활짝 열었다. 대문 앞에 서 있던 한센 씨는 엄마의 얼굴을 똑바로 쳐다보았다.

"안녕하세요."

엄마는 그에게 들어오라는 말도 하지 않았다. 그는 이전에도 우리 집에 온 적이 몇 번 있다. 회사에서 갑자기할 일이 많아졌을 때 추가 근무를 해줬으면 좋겠다고 엄마에게 부탁하러 왔던 것이다. 하지만 이렇게 늦은 시간에 찾아온 적은 한 번도 없었다.

"안녕하세요. 여행을 다녀오셨다고 들었습니다."

"네, 그렇습니다."

"이해합니다. 일이…… 일이 이렇게 되어버렸군요. 참슬픈 일이에요. 이런 일이 있을 줄이야……."

"네……."

"그건 그렇고, 제가 하려는 말은 다름이 아니라…… 일전에도 언급한 적이 있습니다만, 회사 식당을 다른 사람이 인수하기로 되었습니다. 본사에서 회사 식당 운영을 더 큰 회사에 맡기려고 결정을 했습니다."

"그렇군요."

"우리는 다음 달 중반까지 일을 맡기로 했습니다. 그 이후엔 어떻게 될지 모르겠군요."

"네……."

"새로운 경영진이 들어서면 지금과는 다른 방식으로 운영될 것 같습니다."

그는 계속 말을 이었다.

"잘 아시리라 믿습니다. 윗사람들은 일반 직원에 대해선 그리 신경을 쓰는 것 같지 않더군요."

"네……."

"경영진은 이미 이 회사에 필요 이상으로 많은 직원이 있다고 공공연하게 말한 적이 있습니다. 새로운 경영진이 들어서면 대량해고가 이어질 것이라고 했습니다."

"그래요?"

"네, 그렇습니다. 어쩔 수 없습니다. 그들은 직원 수를 감소시키는 일부터 하게 될 것입니다."

"얼마나 많이 해고시킬 예정인지…… 혹시 아시나요?"

"한 명. 우선 한 명만 해고시킬 예정입니다. 모두들 새로운 임무를 맡게 될 것이고, 해고될 직원은 한 명입니다."

"그게 누구죠?"

한센 씨는 손을 들어 턱을 문질렀다. 마치 턱에 묻은 것을 털어내려는 것처럼. 하지만 그의 턱에는 아무것도 묻어 있지 않았다.

"제가 여기까지 찾아온 것은 바로 그 이야길 하기 위해서입니다. 해고당할 직원은 당신이 될 것 같군요. 며칠 후에 서면으로 연락을 받게 될 겁니다. 놀라지 마시라고 제가 먼저 찾아와 미리 알려드리는 것뿐입니다."

엄마는 아무 말도 하지 않았다.

"참, 한 가지 더."

한센 씨는 다시 말을 이었다.

"짐작건대 당신은 이번 일로 시간이 필요할 것이라고 생각합니다. 홀로 있을 시간 말이죠."

"그럴 필요는 없어요. 내일 출근하겠습니다."

한센 씨는 엄마의 말에 헛기침을 여러 번 했다.

"이미 결정이 났습니다. 본사 경영진과 저는 당신에게 홀로 있을 시간을 주자고 결정을 했습니다. 당신이 일을 그만둘 때까지 말입니다. 즉, 일을 공식적으로 그만두기 전까지는 회사에 나오지 않아도 월급을 받을 수 있습니다. 유급휴가라고 생각하면 되겠습니다."

"제가 싫다면요?"

한센 씨는 더 크게 헛기침을 했다.

"아시다시피…… 수군거리는 사람이 꽤 많아요. 회사에서 말이죠. 당신 직장 동료들이 그렇다는 말입니다. 아니, 이젠 전 동료라고 해야겠죠. 그들뿐만이 아니라 우리 고객들도 마찬가지입니다. 우리 식당에서 밥을 먹는 사람들도 수군거려요. 모두들 그렇답니다."

"무엇에 대해 수군거린다는 말씀이신가요?"

"이번 일…… 왜 아시잖아요. 우리 회사에서 물건이 자꾸만 없어졌던 일 말입니다. 우리가 모르는 새에 음식과 물건이 계속 없어졌어요. 하지만 그것들이 스스로 사라질 리는 없지 않습니까."

"그렇다면 제가 그 물건들을 훔쳤다는 말이에요?"

엄마가 물었다.

"아니, 아니, 그게 아니라……."

한센 씨가 머뭇거리며 말을 이었다.

"저는 절대 그렇게 생각하지 않습니다만, 증거가 없지 않습니까. 사람들도 계속 수군거리는데……."

"제게 이럴 수는 없어요. 제 일자리까지 빼앗을 수는 없다고요. 제가 일자리를 잃으면 어떻게 살아나갈 수 있을 것 같아요?"

"물론, 월급은 계속 받을 수 있습니다. 자발적으로 그만둘 때까지 말이죠. 하지만 지금은 회사에 나올 필요 없습니다."

"나는 회사에 나갈 겁니다."

한센 씨는 고개를 절레절레 저었다.

"그렇게는 할 수 없습니다. 회사 사람들은 당신과 함께 일하고 싶지 않다고 말했습니다. 많은 직원들이…… 하…… 어떻게 말을 해야 할까요……? 많은 직원들이 이번 일로 꽤 충격을 받았습니다. 당신의 남편이 한 짓 때문에요. 직원들은 당신과도 함께 일하고 싶지 않다고 했습니다. 이해해주시기 바랍니다. 이건 당신 잘못이 아니라, 당신들…… 아니 부군이 한 일 때문에 그렇습니다. 당신 남편이 했던 일 말이죠."

엄마는 내 어깨에 손을 얹어 나를 끌어당긴 후, 소리 나지 않게 문을 닫았다. 한센 씨는 뭐라고 말을 할 기회도 얻지 못했다. 우리는 현관에 한참 서 있었다. 잠시 후, 문밖에서 그의 발소리가 들렸다. 우리는 함께 부엌으로 갔다.

"여길 떠나야겠어. 더는 여기 머무를 수 없을 것 같구나."

엄마가 말했다.

"지금요? 지금 당장 집을 떠날 생각인가요?"

"지금 당장은 아냐. 하지만 여기 더 있을 수 없어. 사람들의 입방아가 금방 그칠 것 같지 않구나."

"어디로 갈 건가요?"

"나도 모르겠어."

"하지만 난 이사를 가고 싶진 않아요."

갑자기 엄마가 화를 내기 시작했다. 엄마는 사람들이 우리가 여기 사는 걸 원치 않는다고 말했다. 견딜 수가 없었다. 우리에게 남은 건 하나도 없었다. 모든 것이 파괴되었다. 우리의 삶은 무너져내렸다. 아빠…… 아버지…… 아버지가 우리의 삶을 망가뜨린 것이다. 엄마의 삶과 내 삶은 물론, 아버지 자신의 삶마저도. 엄마는 화를 내며 소리를 질렀다. 문을 손으로 내려치고 의자를 뒤집어엎고 욕을 하던 엄마는 벽에 머리를 부딪쳤다.

엄마가 소리 내어 흐느끼기 시작했다.

날이 밝았다. 눈을 뜨니, 엄마는 옷을 입은 채 소파에서 자고 있었다. 나는 그날 필요한 교과서를 가방에 넣고, 체육복을 챙겼다. 엄마를 깨우지 않으려고 살금살금 거실로 갔다. 나직한 목소리로 학교에 다녀오겠다고 속삭였다. 엄마는 내게 등을 돌린 채 자고 있었다. 탁자 위에는 알약이 놓여 있었다. 밤에 잠을 잘 이루지 못하는 이모가 자주 먹는 약과 같은 것이었다. 엄마는 꼼짝도 않고 잠을 자고 있었다. 나는 집을 나섰다. 학교에 가기엔 이른 시간이었다.

길에선 아무와도 마주치지 않았다. 너무나 이른 시각이었으므로 학교에 가는 아이들은 볼 수 없었다. 자동차 몇 대가 지나갔다. 아빠가 일하던 회사 방향으로 달리고 있었다. 교대 근무를 위해 일찍 출근하는 사람들 같았다. 반대편 차선에도 자동차 몇 대가 보였다. 그들은 아마도 야근을 마치고 퇴근하는 사람들일 것이다. 그 외에는 차도 사람도 볼 수 없었다. 나는 학교를 향해 터덜터덜 걷기 시작했다. 나를 바라보는 사람은 아무도 없었다. 내게 이 길을 걸으면 안 된다고 말하는 사람도 없었다. 아무도 내게 여길 떠나라고 말하지 않았다. 엄마와 내게 이 동네를 떠나라고 말하는 사람도, 우리와 같은 동네에서 살기 싫다고 말하는 사람도 없었다. 아무도 내게 그런 말을 하지 않았다. 왜냐하면 길에는 아무도 없었으니까.

학교 운동장에 들어섰다. 수업이 시작되기까지는 한 시간이나 남았다. 수위 아저씨의 차는 건물 앞에 주차되어 있었다. 수위 아저씨와 일학년 담당 선생님은 차를 학교 안에 세울 수 있다. 일학년 선생님은 휠체어를 사용하기 때문에 특별히 허가된 것이다. 하지만 선생님의 차는 보이지 않았다. 시간이 너무 이르기 때문일 것이다.

건물 정문이 잠겨 있어서 들어갈 수가 없었다. 이렇게 이른 시간에 등교하는 학생은 없기 때문이다. 나는 수위 아저씨의 차 뒤쪽으로 앉아 벽에 등을 기댔다. 교장 선생님이 들어오셨다. 그녀는 운동장을 가로질러 교무실 옆문을 향해 걸어가고 있었다. 나는 교장 선생님을 향해 뛰어갔다.

"안으로 들어갈 거니?"

"네."

"문이 열릴 때까지 기다려. 수위 아저씨가 곧 문을 열어주실 거야. 학생들은 이 문을 사용하면 안 된단다."

"그래요?"

"응."

나는 발을 돌렸다. 교장 선생님이 문을 열다 말고 발을 멈추었다.

"혹시 네 이름이 레오니?"

"네."

교장 선생님이 나를 물끄러미 바라보았다.

"일찍 학교에 왔구나."

"네."

교장 선생님은 건물 안으로 들어갔다. 나는 다시 수위 아저씨의 차 뒤에 앉았다. 학생들이 하나둘씩 학교 안으로 들어섰다. 곧 수위 아저씨가 잠겨 있던 건물 문을 열었다. 나는 우리 교실을 지나쳐 복도 끝으로 걸어갔다.

책가방과 체육복 가방을 앞에 둔 채 구석에 쭈그리고 앉았다. 잠시 후, 아이들이 복도로 들어오기 시작했다. 아무도 복도 구석에 앉아 있는 나를 발견하지 못한 것 같았다. 나는 몸을 일으켰다. 아이들은 각자 교실문 앞에 줄을 서서 문이 열리기를 기다리고 있었다. 우리 반 아이들도 교실문 앞에 서 있었다. 종이 울렸다. 나는 교실을 향해 천천히 걸어갔다. 선생님이 와서 잠긴 문을 열어주었다. 나는 얼른 교실 안으로 들어가 내 자리에 앉았다. 선생님은 아이들에게 아침 인사를 건넸다. 우리는 입을 맞추어 일제히 아침 인사말을 외친 후, 함께 노래를 불렀다. 매일 아침 부르는 노래였다. 선생님은 아이들에게 일요일 날 무엇을 했는지 물어보았다. 선생님은 등산을 했다고 말해주면서. 국어 시간이 시작되었다. 우리는 주어진 문제를 풀고 작문을 했다. 선생님은 교실 안을 돌아다니며 도움이 필요한 아이들에게 도움을 주었다. 떠드는 아이들에겐 주의를 주기도 했다. 나는 책을 읽고 문제를 풀었다. 작문용 시험지를 한번 바라본 나는 다시 책으로 눈을 돌려 다음 문제를 읽었다. 선생님은 책상 사이를 왔다 갔다 하며 손을 들고 질문을 하는 아이들에게 다가가 나직한 목소리로 가르쳐주었다. 나는 문제를 다시 읽어보았다. 누군가 옆 사람과 이야기를 하며 수업을 방해했다. 선생님은 그들에게 다가가 목소리를 낮추어 주의를 주었다. 문제를 다 푼 아이들이 하나둘씩 늘어갔다. 선생님은 학급 전체를 향해 문제를 모두 풀었냐고 물어보았다. 문제를 다 풀지 못한 아이들에게는 시간을 좀 더 주었다. 모두들 연필을 내려놓자 선생님이 칠판에 무언가를 적기 시작했다. 나는 책에 적힌 질문을 다시 읽어본 후 텅 비어 있는 작문 시험지와 연필을 바라보았다. 누가 손을 번쩍 들었다. 선생님이 손을 든 아이의 이름을 부르자 아이는 칠판에 적힌 문제의 답을 말했다. 선생님은 다시 칠판에 무언가를 적었다. 그들은 시험에 대해 이야기를 나누기 시작했다. 나는 다시 책에 적힌 문제를 읽어보았다. 내 책상 위에는 텅 비어 있는 작문 시험지와 사용하지 않은 연필 한 자루가 놓여 있었다. 나는 고개를 숙여 바닥을 내려다보았다.

종이 울렸다. 아이들은 가방을 챙기기 시작했다. 나는 가장 마지막으로 교실문을 나섰다. 선생님이 내 이름을 불렀다. 나는 발을 돌려 다시 교실 안으로 들어갔다.

"지난주에 결석을 했지?"

"네."

"결석 사유서를 가져왔니?"

"아니요."

"안 가져왔다고?"

선생님이 나를 빤히 쳐다보았다.

"네. 엄마가 오늘 아침에 미처 사유서를 작성하지 못했어요. 내일 가져오면 안 될까요?"

"그렇다면 내일 꼭 가져오너라."

"네."

나는 교실문을 향해 발을 돌렸다.

"잠깐만!"

"네?"

"교장 선생님이 오늘 아침 일찍 학교에서 너를 봤다고 하더구나. 학교 건물 안으로 들어가려고 했다면서?"

"네."

"앞으로는 그러지 마라. 아무리 일찍 와도 정해진 시간 전에는 문을 열 수가 없단다. 너도 알지?"

"네, 잘 알고 있어요."

"물건이 없어질 수도 있으니까. 너도 잘 알고 있지?"

"네, 잘 알고 있어요."

선생님은 교실문을 잠갔다. 나는 발을 옮겼다. 선생님은

반대편 쪽으로 걷기 시작했다. 나는 선생님이 어디 사는
지 알고 있다. 선생님의 집이 어디인지, 선생님의 차고
는 어디 있는지 잘 알고 있다. 모두들 선생님이 어디에
사는지 잘 알고 있다.

운동장으로 나가니 수위 아저씨의 차는 보이지 않았다.
나는 차가 서 있던 자리로 걸어갔다. 양쪽에 벽돌담이
있어 몸을 숨기기에 안성맞춤이었다. 맞은편에는 탁 트
인 운동장이 자리하고 있었다. 선생님은 쉬는 시간에 아
무도 학교 밖으로 나가지 못하도록 교문을 지키고 서 있
었다. 조그만 저학년 아이들이 내게서 조금 떨어진 곳에
서 깨금발 놀이를 하고 있었다. 비품 창고 안에서 공을
가지고 노는 아이들도 있었다. 선생님은 그들에게 다가
가 여기서 공을 차면 안 된다고 말했다.

로게르가 운동장을 가로질러 왔다. 그는 나를 향해 다가
오는 중이었다. 나는 벽에 몸을 더욱 바짝 붙였다. 도망
갈 곳은 없었다. 로게르가 내 앞에 다가왔다. 다행히도
그는 혼자였다.
  "안녕."
  그가 먼저 인사를 건넸다.

"안녕."

"그동안 어디 아팠니?"

"아냐."

"지난 금요일에 결석을 했더구나."

"이모 댁에 다녀왔어."

"그래? 난 네가 아픈 줄 알았어."

"아냐, 아프지 않았어."

"그렇구나."

그는 내 신발을 내려다보더니 자기 신발을 향해 눈을 돌렸다. 그러고는 운동장을 흘낏 돌아보았다.

"오늘 축구 훈련하러 올 거니?"

"응, 아니…… 잘 모르겠어."

"원한다면 나랑 함께 가자."

"좋아."

"그럼 그때 보자."

"응."

로게르는 비품 창고 쪽으로 발을 돌렸다. 그곳에는 우리 반 아이들이 모여 있었다. 아무도 로게르를 돌아보지 않았다. 아무도 로게르가 누구와 이야기를 하고 왔는지 관심을 보이지 않았다. 나와 이야기를 하면 안 된다고 말했던 아이는 없었던 것 같았다. 아무도 소리 내어 웃지 않았다.

집을 나서니 이미 로게르가 대문 앞에 서 있었다. 그는 나를 기다리고 있었다. 우리는 함께 축구장을 향해 걷기 시작했다.

"이사 갈 거니?"

"아냐. 그러진 않을 것 같아. 솔직히 말하면 나도 모르겠어."

"너희 아버진 지금 감옥에 있니?"

나는 주변을 둘러보았다. 아무도 보이지 않았다. 길에는 나와 로게르뿐이었다. 우리는 축구 훈련을 하러 가는 길이었다. 오늘은 월요일. 우리는 지난주 월요일에도 함께 축구장으로 갔다. 그때까지만 하더라도 나의 일상은 평범하기 그지없었다. 로게르와 나는 오랫동안 알아온 단짝 친구였다. 하지만 지금은 로게르가 낯선 사람처럼 여겨졌다. 나는 그가 내게 무슨 짓을 할지 두려워졌다.

그가 무슨 생각을 하는지도 알 수 없었다. 로게르는 나와 다시 친구로 지내고 싶은 것일까? 왜 갑자기 나와 함께 축구장에 가려는 것일까? 그렇게 하라고 누가 시킨 건 아닐까? 나를 속여서 어디론가 데려가려는 건 아닐까? 아이들이 모인 곳으로 나를 데려가 주먹질을 하려는 건 아닐까? 하지만 우리에게 다가오는 사람은 아무도 없었다. 로게르는 누군가가 숨어 있을 만한 곳을 흘끗흘끗 바라보지도 않았다. 길에는 오직 로게르와 나뿐이었다.

"뭐?"

"너희 아버지가 지금 감옥에 있냐고 물었어."

"나도 잘 몰라. 하지만 내 생각엔 그럴 것 같아. 경찰서 어딘가에 있을 것 같아."

"얼마나 많은 사람들에게서 물건을 훔쳤니?"

"모르긴 해도 아주 많을 거야."

"네겐 아무 말도 하지 않았니?"

"응."

"너희 아버지가 도둑질을 한다는 걸 너도 알고 있었니?"

"아냐, 전혀 몰랐어."

"너희 어머니도 몰랐던 거야?"

"응. 우린 정말 아무것도 모르고 있었어."

로게르가 발을 멈추고, 길 위에 떨어져 있던 병뚜껑을 발로 찼다.

"너희 집에 있는 물건들은 전부 훔친 물건이니? 너희 아버지가 모두 훔쳐온 물건이냐고."

"나도 몰라."

"경찰이 네 자전거를 가져갔다는 게 사실이니?"

나도 길 위의 병뚜껑을 발로 찼다.

"응."

"세상에…… 사람들이 네 아버지에게 화를 내는 것도 전혀 이상하지 않아. 우리 아빠는 네 아버지가 우리 동네에 다시 모습을 드러낼 수 없을 것이라고 말했어. 사람들은 네 아버지를 보자마자 가만히 두지 않을 테니까 말야. 직장 동료들과 물건을 도둑맞은 사람들이 가만히 있지 않을 거야."

"으…… 응…….."

"너희 아버지가 도박을 했다는 것도 사실이니? 경마장에서 돈을 걸고 하는 내기…… 그런 거 말야…… 네 아버지가 집에 있는 돈으로 모두 도박을 했다는 게 정말 사실이니?"

"몰라."

우리는 간이건물 안으로 들어가 옷을 갈아입었다. 코치님은 차 트렁크에서 축구공이 여러 개 담긴 커다란 그물망을 꺼냈다. 로게르와 나는 각자 축구공을 하나씩 골랐다. 다른 아이들도 축구공을 가지러 하나둘 다가왔다. 이미 집에서 훈련복으로 갈아입고 온 아이들도 있었고, 우리처럼 경기장 옆 간이건물에서 옷을 갈아입은 아이들도 있었다. 코치님이 소리쳐 부르자, 아이들은 코치님 주변에 원을 그리며 모여 섰다.

"저 아이와 같은 팀에서 훈련하긴 싫어요."

야콥이 나를 가리키며 말했다.

"저도 마찬가지예요."

또 다른 아이의 목소리가 들렸지만, 나는 그가 누군지 볼 수 없었다.

"무슨 소리야? 누구든 원한다면 함께 훈련할 권리가 있어. 우리 팀에선 아무도 소외시키지 않아."

"코치님은 저 아이가 무슨 짓을 했는지 모르시나요?"

야콥이 물었다.

"몰라."

"쟤 아버지가 도둑질을 했어요."

"그렇군. 하지만 쟤 아버지는 우리 팀원이 아니잖아."

야콥이 화를 내기 시작했다.

"코치님이 결정을 하셔야 해요. 쟤 아버지는 우리 집 창고에서 물건을 훔쳐갔어요. 없어진 게 한두 가지가 아니란 말이에요."

"맞아요. 여기 있는 우리 모두에게서 물건을 훔쳐갔어요."

야콥의 옆에 서 있던 크리스티안이 끼어들었다.

"우리들 중에서 물건을 도둑맞지 않은 집은 딱 한 집밖에 없어요. 도둑놈의 집!"

코치님은 한 손을 번쩍 치켜들고 무슨 말인가를 하려 했다. 하지만 나는 얼른 몸을 돌려 그 자리를 빠져나왔다. 누군가가 등 뒤에서 소리를 쳤다. 도둑놈의 집이라는 소리가 귀를 스쳤다. 내 이름도 들렸다. 갑자기 무언가가 내 뒤통수를 쳤다. 축구공이었다. 나는 앞으로 넘어져버렸다. 코치님이 뛰어와 나를 일으켜준 후에 크리스티안을 향해 소리를 버럭 질렀다.

"이런 짓을 하면 안 돼!"

뺨을 타고 눈물이 주르륵 흘러내렸다. 무릎에선 피가 났다. 나는 몸을 비틀어 코치님의 손에서 벗어났다. 그리고 아이들을 향해 돌아선 후 크게 소리쳤다.

"아버진 우리에게서도 도둑질을 했어. 엄마와 내게서도 훔쳐갔단 말야. 아버지가 도둑질을 한 집은 너희들 집뿐만이 아니라고!"

"너희 집에서 뭘 도둑맞았니?"

야콥이 되물었다.

"전부! 우리가 가지고 있던 모든 것들!"

코치님이 나를 꽉 붙잡고 내 다리와 옷에 묻은 흙을 털어주었다. 훈련이 시작되었다. 달리기를 하며 준비 운동을 했다. 모두들 경기장 주변을 달렸다. 나는 이를 악물고 달렸다. 그 누구보다도 더 빨리 달렸다. 경기장을 돌며 아이들을 추월하기를 몇 번이나 했는지 모른다. 나는 그 누구보다도 더 빨리, 더 많이 달렸다.

훈련이 끝난 후 코치님이 내게 괜찮으냐고 물었다.

"네, 괜찮아요."

"집에 갈 수 있겠니?"

"네."

"다음 주에 다시 보자."

"네."

"안녕, 조심해서 잘 가."

"안녕히 계세요."

로게르가 밖에서 나를 기다리고 있었다. 우리는 함께 걷기 시작했다.

"그게 사실이니?"

그가 물었다.

"뭐가?"

"네가 말했던 거 말야. 네 아버지가 네 엄마와 네게서 모든 걸 훔쳐갔다는 말……."

"응. 돈과 여름 별장. 심지어 우리 여름 별장은 외할아버지와 외할머니 건데 훔쳐가버렸어. 엄마가 직장을 잃어버린 것도 아버지 때문이야."

"난 그런 일이 있었던 줄은 몰랐어."

로게르가 말했다.

"응……."

나는 경찰이 우리 집에 와서 물건을 압수해 갔다는 이야기와 자동차 할부금도 자동이체가 되지 않아 압수당했다는 이야기를 해주었다.

"세상에…… 그런 일이 있었구나……."

우리는 교차로에서 헤어졌다. 로게르는 가족이 있는 집으로 향했다. 어머니와 아버지, 남동생과 누나, 그리고 반려견이 있는 집. 나는 어머니가 있는 우리 집으로 발길을 돌렸다.

현관에 가방을 내려놓았다. 집 안은 쥐죽은 듯 조용했다. 나는 먼저 내 방으로 들어가 옷을 갈아입으려고 생각했지만, 마음을 바꾸어먹고 거실을 들여다보았다. 엄마는 소파에 누워 있었다. 탁자 위에는 알약이 놓여 있었다. 엄마는 어제저녁에 입고 있던 옷을 그대로 입은 채, 오늘 아침과 같은 자리에 누워 있었다. 꼼짝도 않은 채.

"엄마……."

나는 나직이 엄마를 불러보았다.

엄마는 손가락 하나도 까딱하지 않았다.

"엄마⋯⋯?"

다시 한 번 불러보았다.

엄마는 내 목소리를 못 들은 것 같았다. 정적이 감도는 거실에는 엄마와 나밖에 없었다. 엄마는 조용히 소파에 누워 있었다. 소파 옆에는 와인 잔이 있었고, 바닥에는 와인 병이 놓여 있었다. 소파의 팔걸이에는 텔레비전 리모트컨트롤러가 있었다. 엄마의 핸드폰은 베개 바로 옆에 놓여 있었다.

"엄마⋯⋯."

한 번 더 불러보았다.

엄마는 대답을 하지 않았다.

초인종 소리가 들렸다. 나는 깜짝 놀랐다. 조용하던 거실에 갑자기 울리는 초인종 소리가 내 귀에는 너무나 크게 느껴졌던 것이다.

대문 밖에는 낯선 여인이 서 있었다. 한 번도 본 적이 없는 여자였다.

"어머니 집에 계시니?"

"지금 주무시는데요."

"주무신다고?"

"네."

여인은 조금 열려 있는 대문 틈으로 고개를 들이밀고

거실 안을 살펴보려 했다. 나는 얼른 문을 닫으려 했다.

"그렇다면 나중에 다시 올게."

"네."

나는 서둘러 대문을 닫았다. 거의 동시에 여인이 작별 인사를 건넸다. 나는 대답을 하지 않고 거실로 들어왔다.

"누가 왔었니?"

엄마는 소파에 비스듬히 앉아 내게 물었다.

"모르는 여자가 찾아왔어요. 엄마를 만나러 왔다고 하길래 주무신다고 했어요."

"모르는 여자라고? 방금?"

"네."

엄마는 휴대폰을 확인하고선 몸을 벌떡 일으켰다.

"벌써 오후 네 시야? 내가 이렇게 오래 잤니? 여기, 소파에서?"

"네. 오늘 아침에 학교 갈 때도 여기서 자고 있었어요."

엄마는 소파에 털썩 앉아 양손으로 머리를 움켜쥐었다.

"이럴 수가…… 내가 세상모르고 잔 것 같구나."

"네."

엄마는 탁자에 있던 알약을 내려다보았다.

"이모에게서 수면제를 몇 개 얻었단다. 이번 일이 생

긴 후 밤에 잠을 잘 수가 없어서 말야. 네 아버지 때문
에……"

"네."

"어젯밤에 잠이 안 와서 약을 먹었어. 그리고 와인을
조금 마셨거든. 아주 조금."

엄마는 알약을 다시 내려다보았다.

"두 개밖에 남지 않았구나. 이모에게서 네 개를 받았는
데…… 깜박 잊고 두 개를 한꺼번에 먹었던 모양이야."

"그럴지도 모르겠어요."

몸을 일으킨 엄마는 조금 비틀거렸다.

"어지러워서 움직일 수가 없구나. 미안하지만 콜라 한
잔만 가져다주겠니?"

나는 부엌에 가서 콜라 한 잔을 가져왔다. 엄마는 소
파에 다시 누워 있었다.

"오늘 학교엔 다녀왔니?"

"네. 축구 훈련도 다녀왔어요."

"아무 일 없었어?"

"네. 그런데 담임선생님이 결석 사유서를 써오라고 했
어요."

"써줄게. 그건 그렇고 방금 왔던 여자는 무슨 일 때문
에 온 거니?"

"모르겠어요."

"누군지 아니?"

"아뇨."

엄마는 핸드폰을 살펴보았다. 낯선 전화번호의 주인이 여러 차례 전화를 걸었던 흔적이 남아 있었다.

"무음 진동으로 돌려놔서 전화가 온 줄도 몰랐어. 은행과 시청에서 온 전화가 분명해. 오늘 그들과 만나기로 했거든."

"네."

엄마는 부엌으로 가서 커피를 끓였다. 나는 욕실에 가서 흙 묻은 체육복을 벗어 던지고 샤워를 했다. 아주 오랫동안. 엄마가 샤워를 해야겠다면서 욕실문을 두드렸다. 나는 내 방으로 가서 평상복으로 갈아입었다. 엄마는 저녁 식사 준비를 하겠다고 말했다. 나는 가방에서 교과서를 꺼내 숙제를 했다. 초인종 소리가 들렸다. 대문을 열어준 엄마는 현관에서 누군가와 꽤 오랫동안 이야기를 했다. 잠시 후, 엄마가 내 방문을 열었다.

"누가 널 찾아왔어."

나는 현관으로 나가보았다. 대문 밖에는 로게르가 서 있었다. 그의 아버지는 아래층 정문 옆에 서 있었다.

"네게 뭘 주려고 왔어. 얼른 나와봐."

"우리 누나 자전거야. 자전거 타는 걸 좋아하지 않아서 한 번도 사용한 적이 없어. 게다가 얼마 전에 스쿠터를 샀거든. 그래서 누난 이제 자전거가 필요 없단다. 그러니 이 자전거는 네가 가져도 좋아."

"정말?"

"응."

로게르의 아버지도 고개를 끄덕였다.

"차고에 세워두면 자리만 차지해서 말야."

나는 이전에도 로게르의 집에서 그 자전거를 자주 본 적이 있다. 하지만 단 한 번도 자세히 살펴본 적은 없었다. 지금 보니 꽤 멋있는 자전거였다. 21단 기어의 오프로드 자전거. 로게르의 아버지는 안장을 내 키에 맞추어 조절해주었다.

"이젠 네게 잘 맞을 것 같구나."

나는 자전거에 타고 핸들과 기어, 브레이크를 시험해보았다.

"한번 타봐."

로게르가 말했다.

나는 자전거를 타고 교차로까지 갔다가 되돌아와서 브레이크를 잡았다.

"어때?"

로게르의 아버지가 물었다.

"네, 아주 좋아요."

"그렇다면 지금부터 이 자전거는 네 거야."

"고맙습니다."

로게르와 로게르의 아버지는 차에 올라탔다.

"자전거를 잘 간수하렴."

로게르의 아버지가 차창 너머로 말한 후, 차에 시동을 걸었다.

"네."

나는 자전거를 잡고 길에 우두커니 서서 혼잣말처럼 나직이 대답했다.

"잘 간수할게요. 아무도 훔쳐가지 않도록……."

엄마가 창문을 열고 저녁을 먹으러 들어오라고 소리쳤다.

나는 자전거를 복도에 세워놓고 로게르의 아버지와 로게르가 와서 자전거를 주고 갔다고 엄마에게 말했다.

"참 고마운 사람들이구나."

엄마는 저녁 식사를 잠시 미루자고 말한 후 욕실로 가서 문을 잠갔다. 나는 지하실 창고로 가서 자전거 자물쇠를 가져온 후, 자전거를 집 앞 인도 위에 세워놓고 뒷바퀴에 자물쇠를 채웠다. 집으로 돌아오니 엄마가 욕실에서 나왔다. 엄마의 충혈된 눈은 흠뻑 젖어 있었다.

저녁을 먹은 후 자전거를 타보려고 집을 나섰다. 멀리 나가지 않고 잠시 집 앞에서만 자전거를 탈 생각이었다. 헬멧은 현관 선반 위에 놓여 있었다. 지난번에 자전거를 탔을 때 사용하던 헬멧이었다. 그렇다. 얼마 전까지만 하더라도 내겐 나만의 자전거가 있었다. 나는 헬멧을 쓰고 밖으로 나갔다.

어쩐 일인지 자전거가 보이지 않았다. 분명히 인도 위, 건물 벽에 붙여 세워두었는데 사라져버린 것이다. 나는 주변을 둘러보았다. 건물 반대편과, 뒤편도 살펴보았다. 정원과 창고, 길 건너편까지 살펴보았지만 자전거는 어디에도 보이지 않았다. 지하 창고로 내려가보았다. 누군가 우리 집 창고 안에 세워두었을지도 모른다는 생각 때문이었다. 하지만 자전거는 창고에도 없었다. 나는 헬멧을 벗고 천천히 계단을 올라갔다. 누가 내 자전거를 훔쳐간 것이 분명했다. 방금 로게르에게서 얻은 자전거를 누가 훔쳐가버린 것이다. 나는 다시 길 위를 살펴보았다. 누가 내 자전거를 타고 있을지도 몰랐다. 어쩌면 누가 내 자전거를 조금 타다가 길에 던져놓았을지도 몰랐다. 아니, 어딘가에 숨겨두었을지도 몰랐다. 하지만 길에는 자전거라곤 한 대도 보이지 않았다. 내 자전거도,

다른 자전거도 볼 수 없었다. 방금 내게 새로 생긴 자전거가 벌써 사라져버린 것이다.

집을 향해 터덜터덜 걸어오니, 엄마가 집 안에서 창문을 두들기며 내게 손짓을 했다. 얼른 들어오라는 신호였다. 나는 계단을 뛰어 올라가 얼른 집 안으로 들어갔다. 몇 시간 전에 초인종을 눌렀던 낯선 여자가 거실 소파에 앉아 있었다. 엄마는 나를 보더니 현관으로 가라고 손짓을 했다. 잠시 후, 엄마는 현관으로 따라나와서 로게르의 아버지가 방금 전화를 했다고 나직이 말했다. 누군가가 자전거를 로게르의 집에 가져다주었다며, 내게 얼른 와서 자전거를 가져가라고 말했다는 것이다.

나는 서둘러 집을 나선 후 나만 알고 있는 지름길로 들어섰다. 동네 사람의 정원을 가로지르는 길이었다. 그곳에 사는 사람은 동네 아이들이 정원을 가로지르며 뛰어다니는 것을 좋아하지 않았다. 하지만 나는 이번만큼은 어쩔 수 없다고 생각하며 큰맘 먹고 그의 정원을 가로질러 달렸다. 보고 있는 사람은 아무도 없었다. 나는 국도로 올라가 작은 언덕을 넘은 후 로게르의 집에 도착했다. 자전거는 집 앞에 세워져 있었다. 자전거에는 여전히 자물쇠가 채워져 있었다. 로게르의 아버지가 나와서, 어떤 남자가 자전거를 가져다주고 갔다고 말했다. 그는 로게르 누나의 자전거를 누가 훔쳐간 줄 알았다고 말하며 자전거를 되돌려주려고 왔다고 했다. 로게르의 아버지는 자전거를 도둑맞은 일이 없으며, 자전거의 주인이 바뀌었을 뿐이라고 전했다. 하지만 남자는 자전거를 되가져가려 하지 않았다.

"그 남자가 누군가요?"

로게르의 아버지는 이름을 말했다.

"너희 옆집에 사는 사람이야."

나는 자물쇠를 풀고 자전거에 올라탔다.

"자물쇠가 있으니 다행이구나."

로게르의 아버지가 말을 이었다.

"다음엔 기둥 같은 곳에 자물쇠를 함께 채워놓으렴. 아무도 훔쳐가지 않도록."

나는 자전거를 타고 로게르가 사는 골목길을 벗어났다. 아버지 회사로 향하는 가파른 언덕길을 내려와 작은 부둣가를 거쳐 회사 정문 앞으로 가보았다. 커다란 선박은 볼 수 없었고, 대신 작은 운송용 배가 정박되어 있었다. 가끔 모래를 실어오는 배였다. 다시 가파른 언덕길 위로 올라갈 때는 자전거에서 내려 자전거를 끌고 갔다. 평지가 나오자 나는 다시 자전거에 몸을 싣고 학교와 축구장 쪽으로 페달을 밟았다. 축구장에는 훈련을 하고 있는 아이들이 몇 명 보였다. 어른들도 있었다. 골대 뒤에는 내가 아는 아이들이 몇몇 함께 서 있었다. 우리 반 아이들이었다. 그중에는 로게르도 보였다. 아무도 나를 보진 못했다. 나는 자전거를 타고 채석장을 향해 달렸다. 채석장 아래쪽에 있는 커다란 함몰지역에는 중학교 학생들이 스쿠터를 타고 원을 그리며 빙글빙글 달리고 있었다. 나는 마치 자전거가 크로스 모터사이클이라도 되듯 상체를 한껏 앞으로 숙인 채 있는 힘을 다해 페달을 밟았다. 두 다리는 점점 더 빨리 움직였고 페달은 눈에 보이지도 않을 정도로 움직였다. 바퀴에 엄청난 속도가 붙었다. 나는 난생처음으로 그토록 빨리 달려보았다. 이전의 자전거로 달릴 때와는 비교도 되지 않을 정도였다. 어쩌면 자동차의 제한 속력보다 훨씬 빨리 달렸을지도 모른다. 페달 밟는 것을 멈추었지만 자전거는 계속 앞으로 나아갔다. 나는 페달을 밟지 않은 채 집에 도착했다.

헬멧을 벗자 이웃집 남자가 다가왔다.

"그거, 네 자전거니?"

"네."

"난 네 자전거가 아닌 줄 알았어. 언뜻 봐도 여자아이 자전거잖아."

"이젠 제 자전거예요."

"난 그래서 자전거를 주인에게 되돌려주었어. 그 말도 들었니? 내가 자전거를 되돌려주러 갔었다고?"

"네. 그분이 자전거를 도둑맞은 것이 아니라고 했다면 바로 제게 돌려주셨어야죠. 저는 자전거가 없어진 줄 알고 많이 걱정했어요."

"그래, 그랬어야 했는데 말야⋯⋯."

그는 집으로 걸어가다 갑자기 나를 돌아보았다.

"하지만 난 거기 그대로 두었어. 왜인 줄 알아? 아끼던 물건이 없어지면 어떤 심정인지 너도 알아야 할 것 같아서 그랬어. 그래, 네 물건을 누가 훔쳐간 줄 알았을 때 기분이 어땠니?"

"지금은 제 자전거예요."

"네 것과 남의 것을 구별할 줄 아니까 그나마 다행이구나. 이번 일이 네게 큰 교훈이 되었길 바란다."

나는 지하 창고까지 자전거를 끌고 갔다. 그곳에는 자전거를 매어둘 것이 아무것도 없었다. 나는 커다란 양동이

두 개를 가져와 자전거와 함께 자물쇠를 채워놓았다. 누군가 자전거를 훔쳐갈 생각을 했다면 일단 양동이부터 제거해야 할 테니 시간이 걸릴 것이다. 나는 창고 문을 닫고 계단을 올라갔다.

우리 집을 방문했던 여인은 집으로 돌아갔는지 보이지 않았다. 엄마는 전화 통화 중이었다. 언뜻 들으니 이모와 대화를 하는 것 같았다. 전화를 끊은 엄마는 내게 자전거를 다시 찾아왔냐고 물었다. 나는 자전거를 로게르의 집으로 가져갔던 사람이 바로 이웃집 남자라고 말했다. 불쾌하고 무례한 남자. 엄마는 그 사람 외에는 그런 일을 할 사람이 없다고 말했다. 시도 때도 없이 나서서 아는 척을 하는 사람이라고도 했다. 나는 집 앞에서 그가 내게 했던 말을 해주었다. 그는 물건이 없어지면 어떤 심정인지 이번 일을 통해 알게 되었기를 바란다고 말했다.

"언젠가는 그 사람도 꼭 뭔가를 배울 수 있도록 해줄 거야."

엄마가 말했다.

"어떻게요?"

엄마는 켜져 있지도 않은 텔레비전 화면을 지긋이 바라보았다.

"사실 나도 잘 모르겠어. 하지만 그 남자도 분명히 배울 게 있어. 언젠가는 꼭 가르쳐주고 말 거야. 예를 들어, 사람들 앞에서 어떻게 처신을 해야 하는지에 대해서."

"엄마는 아나요? 사람들 앞에서 어떻게 처신을 해야 하는지?"

엄마가 나를 바라보았다.

"글쎄…… 어쩌면 나도 그 사람에게 가르쳐줄 게 그리 많지 않을지도 모르겠구나. 내가 남들에게 무언가를 가르쳐줄 정도로 많은 것을 알고 있다면 지금 여기 있지도 않았을 거야."

"여기가 아니라면 어디에 있었을 것 같아요?"

"글쎄? 어디 다른 곳이겠지. 그것만큼은 확실해."

엄마는 세탁이 끝난 옷을 세탁기에서 꺼낸 후 다시 내게로 왔다.

"엄마…… 아빠가 도박으로 돈을 탕진했다는 게 사실이에요? 경마 도박을 했다는 것도?"

"응, 그런가 봐."

"난 말이 싫어요."

엄마가 장을 보러 마트에 다녀오겠다고 했다. 다음 날 아침 식사와 도시락 음식을 장만해야 했다. 나는 그날 아침도 먹지 않았고 도시락도 가져가지 않았다는 말을 엄마에게 하지 않았다. 엄마는 하루 종일 자고 있었으니 말을 할 수가 없었던 것이다. 엄마는 현관으로 나가 신발을 신었다.

"엄마, 나도 같이 갈게요."

엄마는 내가 재킷을 입는 동안 기다려주었다.

"오늘 우리 집에 왔던 사람은 누구인가요?"

엄마는 대문을 잠갔고, 우리는 함께 걷기 시작했다.

"정부에서 나온 사람이야. 우리를 도와주기 위해서 왔단다."

"우리를 어떻게 도와줄 수 있다는 건가요? 우린 지금

도움이 필요한가요?"

엄마는 한숨을 푹 내쉬었다.

"응, 우린 도움이 필요해. 당장 경제적인 문제부터 해결해야 한단다."

"왜요? 우리에게 돈이 하나도 없나요?"

"거의 바닥이 났어. 네 아버지의 월급이 끊겼기 때문이야. 내 월급은 그리 많지 않아. 매일 나가서 일하지 않기 때문에 그래. 그마저도 얼마 지나면 끊겨질 거야."

"그 아주머니가 우리 빚을 다 갚아줄 건가요? 아빠가 훔쳐간 돈까지?"

엄마는 한참 뜸을 들인 후 말문을 열었다.

"아냐, 그렇진 않단다."

"그런데 왜 나라에서 우리를 도와주는 건가요?"

엄마는 다시 한참 침묵을 지킨 후에 천천히 대답했다.

"그건…… 그게 바로 나라가 할 일이거든. 국민을 도와주는 일 말야. 우린 얼른 이사 갈 집을 구해야 해."

"한센 씨가 와서 엄마에게 이젠 회사에 나오지 않아도 된다고 했기 때문인가요?"

"응, 그것도 한 가지 이유가 될 수 있어. 하지만 가장 큰 문제는 우리가 이제 사택에서 살 수 없다는 거야. 네 아버지가 일자리를 잃어버렸기 때문에 우린 사택에서 살 권리가 없단다."

"그렇다면 나라에서 우리가 살 집을 주나요?"

엄마는 다시 한숨을 쉬었다.

"그렇진 않아. 하지만 우리가 살 집을 구하는 데 도움을 줄 수는 있어. 우리가 경제적으로 독립할 수 있을 때까지 살 수 있는 작은 집 말이지."

우리는 침묵을 지키며 길을 걸었다. 나는 아침에 그 길을 걸으며 했던 생각을 떠올렸다. 그땐 너무나 이른 시각이었다. 내겐 그 길을 걸을 권리가 없을지도 모른다고 생각했다. 누가 나를 쫓아내면 어떻게 하나 두렵기도 했다. 엄마와 함께 그 길을 걷고 있는 지금도 같은 생각을 하고 있다. 이 길도 회사 사람들이나 착한 사람들만 이용할 수 있는 건 아닐까. 한 번도 나쁜 짓을 해본 적이 없는 사람들만 갈 수 있는 길. 우리 같은 사람은 다닐 수 없는 길. 문득, 내가 부질없는 생각을 하고 있다는 것을 깨달았다. 이런 생각을 하는 사람은 아무도 없을 것이다. 길은 모두를 위한 것이 아니었던가. 우리도 다른 이들과 마찬가지로 이 길을 걸을 수 있는 권리가 있다.

마트 앞에는 자동차 몇 대가 주차되어 있었다. 나는 엄마가 차들을 하나하나 자세히 살펴보는 것을 눈치챘다.

우리가 아는 사람들의 차는 없는 것 같았다. 엄마는 마트 안에서 아는 사람과 마주칠까봐 조금 두려워하는 것 같았다. 우리는 안으로 들어갔다. 계산대 뒤에는 점원이 앉아 있었다. 옆 계산대는 텅 비어 있었다. 한 남자가 물건값을 지불한 후 봉지에 물건들을 챙겨 넣고 있었다. 엄마는 빨간 쇼핑 바구니를 집어들었다. 우리는 함께 물건들이 진열된 곳으로 발을 옮겼다. 엄마는 사과 한 봉지와 요구르트, 우유 한 병을 골라 바구니에 담았다. 당근 한 봉지와 양고기 소시지도 바구니에 넣었다. 내가 빵을 고르는 동안 엄마는 안쪽으로 가서 콜라 한 병을 가져왔다. 우리는 바구니를 들고 계산대로 향했다. 우리 앞에는 여자 두 명이 줄을 서 있었다. 그중 한 명이 점원을 향해 무슨 말인가를 나직이 속삭였다. 그러자 세 명 모두 움찔하더니 일제히 우리를 돌아보았다. 먼저 계산을 끝낸 여자가 쇼핑백에 물건을 담기 시작했다. 바로 뒤에 있던 여자가 바구니에 들어 있던 물건들을 계산대 옆 컨베이어에 올려놓았다. 점원은 바코드를 찍으면서도 시선은 우리를 향하고 있었다. 나는 엄마에게 껌한 통을 사면 안 되겠냐고 나직이 물어보았다. 엄마는 껌 한 통과 함께 바구니에 있던 물건들을 하나하나 컨베이어에 올렸다. 우리 앞에 있던 여자가 계산대용 막대를 우리 물건과 자신의 물건들 사이에 올려놓은 후, 지불용 기기에 카드를 꽂고 코드를 입력했다. 점원은 그녀에게 영수증을 건네주었다.

앞선 두 여자는 돈을 지불한 후에도 마치 무언가를 기다리는 듯 계산대 옆에서 떠나지 않았다. 엄마가 돈을 지불할 차례가 되었다. 우리가 살 물건들은 여전히 컨베이어 위에 올려져 있었다. 점원이 우리를 빤히 쳐다보았다. 계산대 옆에 서 있던 두 여인도 우리를 빤히 바라보고 있었다. 우리 뒤에는 물건값을 지불하려는 사람들이 하나둘 줄을 서기 시작했다. 하지만 점원은 우리만 빤히 쳐다보고 있었다. 엄마는 점원을 바라보며 우리 물건을 계산대 바로 옆으로 밀어놓았다. 하지만 점원은 꼼짝도 하지 않았다.

"왜 계산을 하지 않는 거죠? 무슨 일인가요?"

엄마가 점원에게 물어보았다.

"당신은 우리 마트에서 물건을 살 수 없어요."

계산대 옆에 서 있던 두 여인이 약속이나 한 듯 우리를 째려보았다.

"뭐라고요?"

엄마가 되물었다.

"제 말을 듣지 못했나요? 당신은 여기서 물건을 살 수 없어요."

"하지만……… 난 단지 음식을 조금 사기 위해 여기 들렀을 뿐이에요. 나와 우리 아이가 먹을 음식 말이에요. 내일 아침 식사거리와 도시락 준비를 해야 한단 말이에요."

점원은 빨간 쇼핑 바구니를 끌어당겨 우리가 올려놓았던 물건들을 하나씩 다시 바구니 속에 집어넣기 시작했다.

"지금 뭐 하시는 거죠?"

엄마가 소리쳤다.

"여기서 물건을 살 수 없다고 했잖아요."

"난 물건값을 지불할 수 있어요. 돈은 여기 있어요."

"네, 고맙지만 사양하겠어요."

점원이 말을 이었다.

"왜냐하면 우린 그 돈이 어디서 왔는지 다 알고 있기 때문이에요. 우린 당신을 마트 고객으로 인정할 수 없어요. 우린 당신의 돈을 받을 수 없습니다."

점원은 물건을 담은 바구니를 우리 손이 닿지 않도록 계산대 뒤편 바닥에 내려놓았다.

엄마와 나는 장을 보지도 못한 채 빈손으로 마트를 나왔다.

엄마가 울기 시작했다.

"엄마, 울지 마세요. 우린 다른 걸 먹으면 되잖아요."

엄마는 대답을 하지 않았다. 고개를 푹 숙인 채 집에 갈 때까지 종종걸음으로 걸었다.

엄마는 욕실에 들어가 오랫동안 나오지 않았다. 한참 후에 거실로 나온 엄마는 내게 들어가서 자라고 말했다. 나는 대답을 하지 않고 거실로 가서 소파에 앉았다. 잠자리에 들기엔 너무나 이른 시각이었다. 나는 텔레비전을 켰다. 엄마도 거실로 와서 내 옆에 자리를 잡고 앉았다. 엄마의 두 눈은 발갛게 충혈되어 있었다.

"도대체 뭘 어떻게 하면 좋을지 모르겠어. 집에 음식이 하나도 없어. 게다가 시내까지 가는 마지막 버스는 이미 떠나버렸기 때문에 다른 곳에 가서 장을 볼 수도 없단다."

"이제부터는 항상 다른 동네에 가서 장을 봐야 하나요?"

엄마가 고개를 끄덕였다.

"응. 앞으론 그 가게에 발을 들일 수도 없을 거야."

"제가 장을 봐올게요."

"아냐, 네가 간다 해서 될 일이 아니란다. 우릴 고객으로 인정하지 않는다는 말을 너도 들었잖아."

엄마가 부엌에 갔다. 엄마가 찬장과 서랍을 뒤지는 소리가 들렸다. 하지만 부엌엔 남아 있는 음식이라곤 하나도 없다. 심지어는 딱딱한 빵과 비스킷 조각도 없다. 난 이미 부엌을 다 뒤져보았기 때문에 잘 알고 있다.

"내일 버스를 타고 시내에 가야겠어."
거실로 돌아온 엄마가 말했다.
"며칠 동안 먹을 수 있도록 장을 많이 봐올 거야. 어차피 내일은 시내에 있는 은행에도 가야 하니까."

우리는 함께 텔레비전을 보았다. 엄마는 한 손으로 핸드폰을 들고, 다른 한 손으로는 무언가를 적고 있었다. 가끔 핸드폰에서 알림음이 울리기도 했다. 이모에게서 온 문자메시지였다. 엄마는 서둘러 답을 보내고, 다시 알림음이 울리기를 기다렸다.
초인종 소리가 들렸다. 나는 문을 열려고 몸을 일으켰으나, 엄마가 직접 대문을 열겠다고 말했다.
"이렇게 늦은 시간에 누가 찾아왔을까?"

나는 엄마가 대문을 여는 소리를 들었지만 누군가와 이야기를 하는 소리는 듣지 못했다. 잠시 후, 엄마가 대문을 닫았다.

"누구예요?"

나는 엄마를 향해 소리쳤다.

"대문 앞에 봉지가 하나 있을 뿐이야."

나는 현관으로 나가보았다. 엄마는 봉지를 손에 들고 있었다. 마트에서 물건을 담아올 때 사용하는 봉지였다.

"대문 밖에 있었어. 누가 이 봉지를 대문 앞에 놓아두고 말없이 가버렸어."

"누굴까요?"

"글쎄, 모르겠어."

엄마는 봉지 안을 들여다보았다. 봉지 안에는 빵과 버터, 치즈와 살라미 소시지가 들어 있었다.

"우와, 정말 잘되었어요. 내일 먹을 건 걱정하지 않아도 되겠어요."

"응……."

"그런데 누가 이 봉지를 우리 집 대문 앞에 가져다놓았을까요?"

"글쎄, 나도 모르겠구나."

"정말 착한 사람인가 봐요. 아주 착한 사람."

"글쎄…… 정말 네 말대로 어떤 친절한 사람이 가져다 놓았을지도 모르겠구나."

"엄마는 안 기뻐요?"

엄마는 대문을 한번 바라보더니 부엌 쪽으로 시선을 돌렸다.

"글쎄……."

"어쨌든 내일 아침에 먹을 음식과 도시락 걱정은 안 해도 되잖아요."

"그래."

나는 눈을 붙이려고 침대에 누웠다. 엄마는 여전히 거실 소파에 앉아 있었다. 이모와 전화 통화를 하는 중이었다. 나는 엄마가 무슨 말을 하는지 잘 알아들을 수가 없었다. 한 가지 분명한 것은 엄마가 웃지 않았다는 것이다. 단 한 번도. 예전에는 이모와 전화 통화를 할 때면 항상 소리 내어 웃곤 했다. 하지만 지금은 엄마의 웃음소리를 들을 수 없었다.

잠들기 직전 천장에 아른거리는 불빛을 바라보았다. 창에서 새어 들어오는 불빛이었다. 그 빛은 내가 기억하는 한 항상 그 자리에 있었다. 어렸을 때는 어린이 침대에 누워 곰인형이 그려진 커튼을 바라보았다. 엄마와 아빠는 내가 초등학교 3학년이 되었을 때 벽에 페인트칠을 했고 내게 새 침대를 사주었다. 숙제를 할 수 있는 책상도 사주었다. 벽에는 그림을 걸어주고, 창에는 새 커튼을 걸어주었다. 아빠는 문 뒤에 책장을 설치해주었다. 그때부터 내 방은 전혀 새로운 공간이 되었다. 하지만 천장에 아른거리는 불빛은 그대로였다. 창을 통해 새어 들어오는 불빛. 그것은 내 마음의 고향이라 해도 과언이 아니었다. 엄마와 내가 항상 함께 살아왔던 고향. 한때 그곳에는 아빠도 함께 있었다. 아버지. 내 아버지.

엄마는 아침 일찍 일어나 도시락을 만들어 식탁 위에 올려두었다. 나는 빵 위에 소시지와 치즈를 얹어 아침 식사를 했다. 엄마는 배가 고프지 않다며 커피 한 잔으로 아침을 대신했다.

"곧 시내에 갈 거야. 하지만 네가 학교에서 돌아오기 전까진 집에 와 있을 것 같구나."

"시내에서 장을 보실 건가요?"

"응. 오늘은 은행에도 가봐야 해. 사실은 어제 갔어야 했는데 말야."

"어제 아팠다고 말하면 안 될까요?"

"응, 아무래도 그래야겠구나."

엄마는 도시락을 가방 속에 넣어주었다.

나는 복도에 서서 선생님이 잠긴 교실문을 열어주기를

기다렸다. 마르쿠스와 크리스터가 다가와 내 앞에서 발을 멈추었다. 크리스터가 마르쿠스에게 귓속말을 하자 둘은 소리 내어 웃었다.

"한 가지 부탁이 있는데 들어줄 수 있겠니?"

크리스터가 내게 물었다.

"그게 뭔데?"

"가게에 가서 아이스크림 하나만 사줘."

마르쿠스가 크게 소리 내어 웃었다.

"싫어."

"싫다고? 그렇겠지. 넌 우리 동네 마트에서 쫓겨났잖아. 네 어머니와 너 말야."

두 사람은 약속이라도 한 듯 함께 웃었다.

"하지만 걱정할 일은 아냐."

마르쿠스가 말을 이었다.

"먹을 것을 구할 수는 있을 거야. 우리 엄만 먹다 남은 음식을 모조리 버리거든. 만약 너희 집에 먹을 게 다 떨어지면 우리 집 쓰레기통을 뒤져봐. 하지만 동네 사람들이 볼지도 모르니까 한밤중에 와서 뒤져보는 게 좋을 거야."

두 사람은 다시 크게 웃었다.

"만약 너희 집 쓰레기통이 없어지면 누가 가져갔는지 알 수 있으니까 좋은 점도 있어."

크리스터가 마르쿠스에게 말했다.

쉬는 시간이 되자 로게르가 내게 다가와 방과 후에 함께 축구를 하자고 말했다. 나는 집에 먼저 가봐야 한다고 했다.

"저녁을 먹고 나서 축구를 하면 안 될까?"

"오늘은 우리 집에 와서 저녁을 먹어도 된다고 엄마가 말했어."

로게르가 주저하며 말을 이었다.

"만약…… 만약 너희 집에서 저녁을 먹을 생각이 없다면 말야……."

"우리 엄마는 오늘 저녁에 고기 푸딩을 만들어준다고 했어. 엄마가 직접 만든 매시트포테이토랑 함께 먹을 거야. 그건 내가 이 세상에서 제일 좋아하는 음식이거든. 그래서 오늘은 집에서 저녁을 먹을 생각이야."

"아…… 그래…… 알았어."

솔직히 나는 엄마가 저녁에 무엇을 만들어줄지 전혀 모르고 있었다. 하지만 로게르의 집에서 저녁을 먹긴 싫었다. 로게르의 어머니는 분명 이번 일에 대해서 물어올 것이다. 그렇다면 나는 괜찮다고 대답하는 수밖에 없을 것이다. 게다가 자전거를 줘서 고맙다는 인사도 한 번 더 해야 할지도 모른다.

엄마는 틀림없이 맛있는 음식을 만들어줄 것이다.

나는 집을 향해 걷기 시작했다. 나보다 몸집이 큰 고학년 학생들이 내 뒤를 밟았다. 그들은 내게 마트에 가서 음식을 살 거냐고 물었다. 나는 아무 대답도 하지 않았다.

집에 도착하기 직전, 누군가가 내 이름을 소리쳐 불렀다. 나를 따라오던 아이들은 이미 자취를 감춘 후였다. 궁금해진 나는 주변을 둘러보았다. 내 이름을 부르던 사람은 바로 이웃집 남자였다. 불쾌하고 무례한 남자. 그는 자신의 집 안에서 창문을 열어놓은 채 밖을 내다보며 나를 부르고 있었다. 나는 대답을 하지 않았다. 걸음을 멈추지도 않은 채 집으로 들어갔다.

엄마는 부엌에 앉아 누군가와 이야기를 하고 있었다. 나는 그가 우리가 잘 아는 사람이라고 짐작했다. 엄마는 잘 아는 사람이 방문했을 때는 거실이 아니라 주로 부엌에 앉아서 이야기를 하곤 했으니까. 하지만 부엌을 들여다보니 한 번도 보지 못한 낯선 여자가 앉아 있었다. 엄마는 그녀가 누구인지 말해주지 않았다. 두 사람은 함께 커피를 마시고 있었다.

"오늘은 저녁을 좀 늦게 먹어야겠어."

엄마가 부엌으로 들어서는 내게 말했다.

초인종이 울렸다.

"로게르일 거예요."

나는 대문을 열기 위해 현관으로 뛰어나갔다.

대문 앞에는 이웃집 남자가 서 있었다.

"내 지갑 어딨어?"

나는 말없이 그를 멀뚱멀뚱 바라보았다.

"당장 내 지갑 내놔!"

그가 내게 소리쳤다.

"무슨 일이니?"

엄마가 내 등 뒤에서 물었다.

"지갑을 찾으러 왔어요."

이웃집 남자가 소리쳤다.

엄마가 대문을 활짝 열었다.

"도대체 무슨 일로 오셨는지요?"

그는 험악한 표정을 지었다. 두려워진 나는 한 발짝 뒤로 물러섰다.

"누가 내 지갑을 훔쳐갔습니다. 나는 지갑을 찾으러 왔어요."

부엌에 있던 여인이 현관으로 나왔다.

"당신 지갑은 여기 없어요."

엄마가 말했다.

"누가 내 지갑을 훔쳐갔어요. 그건 바로 당신이에요. 당신 하는 짓을 보니 남편보다 나을 게 하나도 없는 사람이에요. 당신들은 온 동네 사람들에게서 물건을 훔쳤어요. 이제 남편이 없으니까 혼자 도둑질을 하는 모양이군요. 혹시 당신 아들에게도 도둑질을 가르쳐주었나요?"

"우리는 아무것도 훔치지 않았습니다. 당신 물건도 훔치지 않았고 동네 사람들의 물건에도 손을 대지 않았습니다."

엄마는 대문을 닫으려 했다. 하지만 이웃집 남자는 문을 힘껏 열고 엄마에게 손찌검을 했다. 엄마는 현관에 털썩 주저앉았다.

"어디 있어?"

그가 내게 소리쳤다. 나는 부엌으로 뛰쳐갔다. 우리 집을 방문한 여자는 손에 핸드폰을 들고 있었다.

"그만두세요! 그렇지 않으면 경찰에 신고하겠습니다!"

여인이 이웃집 남자에게 소리쳤다.

남자는 들은 척도 않고 성큼성큼 거실로 들어왔다. 나는 그가 물건을 집어 던지는 소리를 들었다. 그가 현관 쪽으로 가자 엄마가 무슨 말인가를 했다. 그는 엄마에게 닥치라고 소리쳤다. 그는 엄마의 침실문과 내 침실문을 활짝 열었다. 손님으로 왔던 여자는 급히 부엌문을 닫았다.

"두려워할 필요 없어."

그녀가 내게 말했다.

하지만 나는 너무나 두려웠다. 그녀도 마찬가지였을 것이다. 왜냐하면 그녀의 목소리는 금방이라도 울음을 터뜨릴 듯 떨리고 있었으니까. 경찰서에서 그녀의 전화에 응답을 했다. 그녀는 자신의 이름을 말한 후 '가정보호소'에서 나왔다고 말했다. 방금 어디에서 무슨 일이 있었는지 상세하게 설명했다. 잠시 후, 이웃집 남자가 부엌으로 들어왔다. 그는 부엌을 한번 휙 둘러보더니 쇼핑백을 들어 바닥에 쏟아부었다. 그것은 엄마가 장을 본 음식들이었다.

"지금 경찰이 이리로 오는 중이에요."

그녀는 여전히 핸드폰을 귀에 댄 채 이웃집 남자에게 말했다. 나는 그녀가 여전히 경찰과 통화 중이라는 것을 모르고 있었다. 전화기 저편에서 누군가 그녀의 말을 들은 것 같았다.

"당신은 누구요?"

이웃집 남자가 여인에게 물었다.

그녀는 정부의 가정보호소에서 나왔다며 자신의 이름을 말했고, 이웃집 남자에게 당장 나가라고 말했다.

"쳇, 도대체 세상이 어떻게 돌아가는지 모르겠군. 언제부터 정부에서 정직한 시민은 내버려두고 도둑놈만 보살피게 되었습니까?"

"지금 경찰이 오고 있습니다."

여자가 다시 말했다.

이웃집 남자가 그녀와 나를 번갈아가며 매섭게 째려보았다.

"말세군, 말세야! 경찰이라는 사람들이 도둑놈을 보호하고 정직한 시민을 잡으러 오다니!"

그는 뒤를 한번 휙 둘러본 후 부엌을 나갔다. 여인이 그의 뒤를 따라 나갔다. 그가 대문을 나서자 엄마가 욕실문을 열고 나와 우리를 바라보았다.

"괜찮아요? 다친 데는 없나요?"

엄마가 그녀에게 물었다.

"네, 괜찮습니다. 당신은 어떤가요? 그가 당신에게 손찌검을 했잖아요?"

"다친 데는 없는 것 같아요. 하지만 지금 온몸이 떨려서……."

"저도 그래요. 경찰이 지금 이리로 오고 있는 중이에요. 제가 경찰에 신고했어요."

몇 분 후, 사이렌 소리가 들렸다. 나는 거실로 뛰어가 창밖을 내다보았다. 경찰차 두 대가 우리 집 쪽으로 오고 있었다. 경찰차 뒤에는 구급차도 한 대 따라오고 있었다. 여인은 얼른 대문 밖으로 뛰어나가 경찰에게 무슨 말인가를 했다. 나도 뛰어나가고 싶었지만 엄마가 말리는 바람에 하는 수 없이 집에 남아 있었다. 경찰 두 명이 우리 집 안으로 뛰어 들어왔다.

"괜찮습니까?"

경찰 중 한 명이 엄마에게 물었다.

"네. 이웃집 남자가 갑자기 들어와서 제 아들을 위협했어요."

세 명 모두 일제히 나를 돌아보았다.

"그 뒤에는 저를 위협했어요. 저는 그를 보내려고 했

지만 그가 갑자기 대문을 밀치고 들어와서 제게 손찌검을 했답니다. 그러고는 집 안으로 들어와서 난장판을 만들어놓았어요. 뿐만 아니라 우리 모두를 위협하기까지 했어요."

"이웃집 아저씨가 이렇게 만들어놓았어요."

나는 거실을 가리키며 거들었다. 경찰 한 명이 거실 안을 들여다보았다.

"그 사람이 거실 탁자도 엎었니?"

그가 내게 물었다.

"네."

경찰 한 명이 밖으로 나가자마자 빨간 유니폼을 입은 여자가 들어왔다.

"저는 응급요원입니다."

그녀는 엄마의 상태를 확인하겠다고 했다. 엄마는 이웃집 남자가 손찌검을 한 자국을 보여주며 어떻게 넘어졌는지 자세하게 설명했다. 응급요원은 심하게 다친 것 같지는 않다고 말했다.

밖으로 나갔던 경찰이 다시 들어와 작은 수첩에 무언가를 적었다. 그는 우리에게 이웃집 남자가 무슨 말을 했는지, 또 우리가 그의 지갑에 대해 알고 있는지 자세하게 물어보았다. 우리가 그의 지갑에 대해서 아무것도 모른다고 대답하자 그는 다시 집 밖으로 나갔다. 잠시 후, 다시 돌아온 그는 현관에 서서 아버지의 이름을 말했다.

"그가 이 집에 살고 있죠? 그렇지 않습니까?"

엄마는 아무 말 없이 경찰을 바라보기만 했다. 경찰은 내게로 시선을 돌렸다.

"그 사람은 제 아버지가 맞습니다."

나는 거실에 가서 창밖을 내다보았다. 길에는 꽤 많은 사람들이 모여 경찰차를 바라보고 있었다. 구급차는 후진을 한 후 어디론가 사라졌다. 응급요원이 할 일은 아무것도 없었다. 경찰 중 한 명은 이웃집 남자의 대문 앞에 서 있었다. 동네 사람 두 명이 경찰에게 다가가 무언가를 물어보았지만, 경찰은 그들과 대화를 나누고 싶어하는 것 같지 않았다.

엄마가 거실에 들어왔다.

"밖에 나가도 되나요? 밖에 나가서 보려고요……."

"안 돼. 집 안에 있어."

"왜요?"

"그게 최선의 방법이야."

이웃집 남자가 집 밖으로 나왔다. 경찰 두 명이 그의 양
팔을 하나씩 잡고 있었다. 남자의 두 손에는 수갑이 채
워져 있었다. 그는 불같이 화를 내며 경찰의 손에서 벗
어나려 쉴 새 없이 몸을 비틀었다. 경찰이 대문을 향해
손가락질을 하자 그 앞에 서 있던 동네 사람들이 길을
비켜주었다. 갑자기 이웃집 남자가 여러 차례 소리를 버
럭 질렀다. 그의 얼굴은 벌겋게 상기되어 있었다. 나는
그가 무슨 말을 하는지 들을 수 없었다. 하지만 모여 있
던 동네 사람들은 일제히 우리 집을 향해 고개를 돌렸
다. 창가에 서 있는 나를 향해.

경찰차 한 대가 이웃집 남자를 태우고 사라졌다. 사람들은 경찰차가 움직일 수 있도록 길을 비켜주어야만 했다. 잠시 후, 경찰 두 명이 우리 집으로 왔다. 우리 집 대문은 열려 있었다. 그럼에도 그들은 대문 밖에 서 있었다. 엄마가 그들에게 들어오라고 말했다. 엄마는 경찰에게 무슨 일이 있었는지 다시 한 번 더 설명해야만 했다. 경찰은 가정보호소에서 나온 여인에게도 같은 질문을 던졌다. 경찰은 쉴 새 없이 작은 수첩에 무언가를 적었다. 옆에 있던 경찰은 우리에게 이웃집 남자의 지갑을 본 적이 있냐고 물었다. 그는 경찰에게 엄마가 자신의 집 앞을 지나간 후, 현관의 신발장 위에 올려두었던 지갑이 없어졌다고 진술했다. 뿐만 아니라 이웃집 여자의 아들도 자신의 집 앞에서 어슬렁거리는 것을 보았다고 말했다. 이웃집 여자의 아들이라면 바로 내가 아닌가.

"도대체 두 사람을 어디서 보았다는 거죠?"

가정보호소에서 나온 여인이 경찰에게 되물었다.

"대문 앞, 길에서 말인가요?"

"그렇다고 하는군요."

경찰이 대답했다.

"그 때문에 우리가 지갑을 훔쳐갔다고 했던 건가요? 우리가 단지 자기 집 앞을 지나갔다는 이유 때문에? 심지어 우린 동시에 지나가지도 않았어요."

경찰은 여전히 수첩에 무언가를 적고 있었다.

옆에 서 있던 경찰은 아버지에 대한 질문을 던졌다. 아버지와 이웃집 남자가 말다툼을 한 적이 있는지, 또는 예전부터 두 사람이 사이가 좋지 않았는지 물어보았다.

"아니에요. 하지만 그런 건 직접 물어보는 게 좋을 거예요. 난 지금 애 아빠가 어디 있는지도 몰라요."

경찰은 이웃집 남자가 지갑을 훔쳐간 사람은 가만히 두고, 오히려 지갑을 도둑맞은 사람이 경찰에 잡혀간다며 화를 냈다고 말했다.

"일리 있는 말이긴 해요."

가정보호소에서 나온 여자가 말했다.

"저는 지갑을 훔치지 않았어요."

엄마가 말했다.

"저도 지갑을 훔치지 않았어요."

나도 옆에서 거들었다.

"아마 그 사람은 지갑을 어디서 잃어버렸을 거예요. 아니면 마트에 두고 왔던지……."

엄마가 말했다.

경찰이 조사를 마치고 돌아갔다. 엄마는 대문을 잠근 후, 가정보호소에서 나온 여인과 함께 부엌으로 들어갔다.

"힐데와 잠시 이야기할 게 있어."

엄마가 내게 말했다.

나는 거실에 가서 창밖을 내다보았다. 길에는 조금 전보다 더 많은 사람들이 서 있었다. 미리 와 있던 사람들은 손가락으로 여기저기를 가리키며 늦게 온 사람들에게 무슨 일이 있었는지 설명해주었다. 경찰들은 동네 사람들 때문에 차로 되돌아가는 데 큰 어려움을 겪었다. 너무나 많은 사람들이 경찰에게 한꺼번에 무언가를 물어보았기 때문이다. 보아하니 많은 이들이 화를 내고 있는 것 같았다. 어떤 사람은 소리를 버럭 지르기도 했다. 경찰들은 우여곡절 끝에 겨우 차에 올라탔다. 하지만 동네 사람들은 그곳을 떠날 생각이 없는 것 같았다. 모두들 제자리를 지키고 있었다. 시간이 지날수록 더 많은 사람들이 모여들었다. 그중에는 우리 반 아이들도 보였다. 부모님과 함께 온 아이도 있었다. 한 남자가 큰 소리로 무슨 말인가를 하자, 다른 남자가 소리 높여 반박을 하는 것 같았다. 잠시 후, 몇몇 남자가 그들에게 다가와 진정을 시키려 노력했지만, 소리를 지르는 사람들은 점점 늘어갔다.

엄마가 거실문 옆에 서서 나를 바라보았다.

"무슨 일이니?"

"사람들이 소리를 지르고 있어요."

엄마는 내 곁으로 다가와 창밖을 내다보았다.

"얼른 따라와. 부엌으로 가자."

부엌에 있던 힐데가 거실로 나왔다.

"얼른 부엌으로 가세요."

그녀는 손에 핸드폰을 들고 있었다.

갑자기 쨍그랑하는 소리가 들렸다. 힐데가 비명을 질렀다. 엄마는 서둘러 거실로 달려갔다. 힐데가 피를 흘리며 바닥에 누워 있었다. 그녀의 옆에는 커다란 돌멩이하나가 놓여 있었다. 유리창은 깨져 있었다. 나는 조심스레 창가로 다가가려 했으나, 엄마가 소리를 지르며 나를 가로막았다.

"젠장, 얼른 창가에서 물러서!"

힐데가 몸을 일으켜 어디론가 전화를 걸었다. 그녀는 유리창이 깨졌고 피를 흘리고 있다는 말을 했다. 밖에 사람들이 모여 있다는 말도 덧붙였다.

"얼른 욕실로 들어가! 모두! 서둘러!"

엄마가 소리 질렀다.

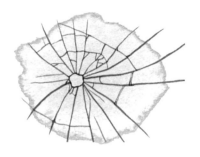

우리는 욕실로 들어갔다. 엄마는 힐데의 얼굴에 흐르는 피를 닦아주려 했으나, 그녀는 가만히 놓아두라고 말했다. 상처에 깨진 유리 조각이 박혀 있을지도 모르니 가만히 놓아두는 게 더 낫다고 했다. 밖에서 사이렌 소리가 들렸다. 잠시 후, 누군가가 대문을 두드렸다. 엄마는 얼른 뛰어가 대문을 열었다. 방금 우리 집에 왔던 경찰

두 명이 대문 앞에 서 있었다. 엄마는 그들에게 무슨 일이 있었는지 설명해주었다. 누군가가 창밖에서 돌을 던졌고, 힐데가 다쳤다고 말했다. 경찰 한 명이 욕실로 들어가 힐데를 살펴보았다. 곧 응급요원 두 명이 도착해 힐데를 데리고 나갔다. 경찰들은 깨진 유리창과 바닥에 떨어져 있는 돌멩이를 자세히 살펴보았다. 하지만 그들은 돌멩이를 주워들지는 않았다. 경찰 한 명이 복도로 나가서 워키토키로 동료들에게 무언가를 설명했다. 위층에 사는 사람들이 계단에 서서 수군거리고 있었다. 워키토키로 상황 설명을 끝낸 경찰이 위층 사람들과 이야기를 나눈 후, 집 안으로 들어왔다. 그가 엄마에게 나직이 무슨 말인가를 하자 엄마는 고개를 끄덕였다.

"짐을 싸야겠어."

엄마가 내게 말했다.

"왜요?"

"당장 여길 떠나야 해. 여기 더 있을 수 없어."

우리는 옷과 세면도구를 챙겨 커다란 가방 두 개에 나누어 넣었다. 엄마는 내게 교과서와 체육복도 빠짐없이 챙기라고 말했다.

엄마가 대문을 잠갔다. 우리는 함께 집을 나와 경찰차 뒷좌석에 앉았다. 경찰은 우리의 짐을 트렁크에 넣었다. 구급차는 여전히 집 앞에 서 있었다. 나는 구급차 안에 앉아 있는 힐데를 보았다. 그녀는 얼굴에 붕대를 감고 있었다. 다른 경찰차 한 대는 길 저편에 서 있었다. 경찰 두 명은 아무도 우리 집에 가까이 다가갈 수 없도록 길을 막았다. 많은 사람들이 경찰차를 타고 떠나는 우리를 지켜보았다. 아무도 소리를 치거나 욕을 하는 사람은 없었다.

우리는 국도를 거쳐 터널 속으로 들어갔다.

"엄마…… 이런 일이 생긴 게 다 아버지 때문인가요? 아버지 때문에 동네 사람들이 우리에게 화를 내고 있는 건가요?"

엄마는 한참 뜸을 들인 후 대답했다.

"응. 이건 다 네 아버지 때문이야."

우리는 약 보름 동안 이모 집에서 함께 살았다. 엄마는 거의 매일 외출해서 사람들을 만났다. 우리를 도와줄 수 있는 사람들을 만나 일을 해결할 수 있도록 노력했던 것이다. 얼마 후, 우리는 작은 집을 마련할 수 있었다. 이모 집에서 그리 멀지 않은 곳에 있는 집이었다. 이모는 커다란 트럭을 빌렸고, 트럭 운전수와 함께 우리가 살던 집으로 가서 남아 있는 짐을 실어왔다. 엄마도 함께 가겠다고 했지만, 이모는 그럴 필요가 없다고 만류했다. 이모가 이삿짐을 실어오자 트럭 운전수는 가구를 집 안으로 옮기는 데 도움을 주었다.

이삿짐을 정리한 후 엄마는 이 집이 우리가 살 집이라고 말했다.

"앞으로 계속 이 집에서 살 건가요?"

"글쎄, 누가 알겠니? 그럴지도 몰라."

우리는 한동안 그 집에서 살았다. 엄마는 마트에서 일을 시작했고, 나는 새로운 학교와 새로운 축구팀에 적응하기 시작했다. 가끔 우리에게 왜 이 동네로 이사 왔는지 물어오는 사람들도 있었다. 부모님이 이혼을 했기 때문이라고 대답하면 그들은 더 묻지 않았다. 우리는 계속 그 집에서 살았다.

목요일이었다. 나는 남동생을 유치원에서 데려올 참이었다. 목요일마다 내가 하는 일이었다. 유치원은 내가 다니는 중학교에서 그리 멀지 않은 곳에 있었기에 꾀를 부릴 수는 없었다. 단지 조금 귀찮을 뿐. 엄마와 새아버지인 외르겐은 내가 동생을 데려오는 조건으로 조금의 용돈을 주었다. 나는 그 돈을 모아 스쿠터를 살 계획이었다. 유치원에 가니 동생은 늘 그랬듯 반갑게 소리치며 내게 뛰어왔다. 우리는 함께 집으로 갔다. 집 앞에는 자동차가 보이지 않았다. 하지만 엄마와 외르겐은 곧 퇴근해 집으로 돌아올 것이다. 엄마의 직장이 집에서 가장 먼 곳에 있기 때문에, 엄마는 항상 집으로 오는 길에 외르겐의 직장에 들러 그를 태워오곤 했다. 내가 다니는 학교는 월요일과 목요일이면 오후 세 시에 수업을 마친다. 유치원에서 동생을 데려오기에 적합한 시간이었다.

뿐만 아니라 나는 동생을 데려오는 조건으로 용돈을 벌 수 있으니 나쁘지 않았다.

동생은 집 앞에서 놀고 싶어했다. 나는 대문 앞 계단에 앉아 동생을 바라보았다. 저 멀리 높이 솟은 아파트 건물이 보였다. 이 집으로 이사 오기 전에 우리가 살던 곳이었다. 지금 살고 있는 집 주변에는 모두 정원이 딸린 주택뿐이다. 평범한 정원이 딸린 평범한 집.

핸드폰이 울렸다. 나는 시몬이 전화를 했을 거라고 짐작했다. 우리는 방과 후에 축구 훈련을 함께 하기로 이미 약속을 했다. 하지만 화면을 보니 모르는 번호가 찍혀 있었다.

"여보세요."

낯선 남자 목소리가 들렸다. 나는 그가 무슨 말을 하는지 잘 알아들을 수가 없었다.

"누구신가요?"

그가 다시 무슨 말인가를 했다. 그의 이름을 말한 것 같았지만 여전히 알아듣기가 쉽지 않았다.

"실례지만 누구신가요?"

남자는 침묵을 지켰다. 잠시 후, 나는 마침내 그의 말을 똑똑히 들을 수 있었다.

"네 아버지."

* 본서는 NORLA(노르웨이 국제문학협회)의 지원을 받아 출간되었습니다.

옮긴이 **손화수**

한국 외국어 대학교를 졸업하고 오스트리아에서 음악을 공부한 후 1998년 노르웨이로 이주했다. 2002년부터 노르웨이 문학서 전문 번역가로 활동하고 있으며 2012년에는 노르웨이 국제 번역문학협회의 '올해의 번역가 상'을 받았고 현재까지 『루피서의 복음』, 『바르삭』, 『나의 투쟁』, 『벌들의 역사』, 『부러진 코를 위한 발라드』 등 60여 편 이상의 노르웨이 서적을 번역했다. 현재 스테인셰르 예술학교에서 강의를 하고 있으며 번역 작업을 겸하고 있다.

우리 아빠는 도둑입니다

초판 1쇄 발행   2019년 7월 19일
초판 3쇄 발행   2023년 9월 22일

지은이   비외른 잉발젠
옮긴이   손화수
펴낸이   김요안
편집   강희진
디자인   장지영

펴낸곳   북레시피
주소   서울시 마포구 신수로 59-1
전화   02-716-1228
팩스   02-6442-9684
이메일   bookrecipe2015@naver.com | esop98@hanmail.net
홈페이지   https://bookrecipe.modoo.at
등록   2015년 4월 24일(제2015-000141호)
창립   2015년 9월 9일

ISBN 979-11-88140-89-3 43850

종이 · 화인페이퍼 | 인쇄 · 삼신문화사 | 후가공 · 금성LSM | 제본 · 대흥제책

이 도서의 국립중앙도서관 출판예정도서목록(CIP)은 서지정보유통지원시스템 홈페이지(http://seoji.nl.go.kr)와 국가자료공동목록시스템(http://www.nl.go.kr/kolisnet)에서 이용하실 수 있습니다. (CIP제어번호: CIP2019025899)